ちくま文庫

# 通天閣

西加奈子

筑摩書房

目次

# 通天閣

# 一

『電車に乗っている。

田舎を走っている単線電車だ。窓の外にはのどかな田園風景が広がり、真っ青な空はどこまでも澄み切っている。俺は四人座席、進行方向に向いた窓際に座っている。電車が急にトンネルに入り、途端に停電になったように車内が真っ暗になる。トンネルを抜けると、俺の前に女が座っていた。ロシアの婆さんみたいなほっかむりをして、窓の外をじっと見ている。たくさん席が空いているのに、俺の前に座るのをいぶかしく思うが、移動するタイミングを逃してしまった。居心地悪く座っていると、女がこちらを向く。色の白い、少し太った若い女だ。「背中の方に電車が走るのが気持ち悪いので、席を替わってもらえませんか？」と言う。俺は適当にうなずいて席を立った。女が俺の席に座り、俺が女の席に座った途端、またトンネルに入る。真っ暗だ。出ると、また明るくなる。すると女が、またこちらを向き、こう言う。「背中の方に電車が走るのが気持ち悪いので、席を替わってもらえませんか？」驚いて窓の外を見ると、俺はまた進行方向に向いて座っている。このままでは、いつまで経っても目的地に着かない。でも、目的地など無いのだということに、気付く。俺はまた、トンネルに入るのを待つ。』

起きたら五時だった。

朝の五時なのか、夕方の五時なのか。カーテンの隙間から入ってくる薄ぼんやりとした光は、朝方のそれのような気もするし、夕方と言われればそれもそうだと思う。考えているうちに面倒くさくなってもう一度目をつむると、首の辺りがむずむずと落ち着かない。どうやらＭＡ１の襟が中に折れ曲がっているようだ。ごつごつとしたそれは、首元でかなりの存在感がある。アメリカ空軍もまさかこれを着て布団をかぶる輩がいるなどとは思わなかっただろう。腕を伸ばしてそれを直そうと思っても、阿呆のように着込んだこの体では、なにかとても大層な仕事をしている気になってくる。ふうふう言いながら直すと、やっと落ち着いた。さてもう一度寝ようと思ったが、今度はなんとなく興奮して眠れない。仕方なく起きることにしようと目を開け、体だけそのままにする。目玉をぎょろぎょろと動かして、脳みそを完全に起こすためだ。

天井には煙草の煙のような染みがある。ふらふらと壁の方に伸びていったと思えば、大きく迂回して元の場所に帰ってきている。左に顔を向けると、すぐそこは壁だ。黄色く濁ったそこから少し目を上げると、六角形を半分に切ったような出窓があり、そこには俺が日本津々浦々で集めてきた時計が所狭しと並べられている。釧路の民宿で買った木彫りの鮭の時計、那須高原の大きな絵本屋で買った鳩時計、金の装飾をほどこした旧ナショナルの置時計、基地通りで買ったヘビとマングースが戦っている絵が描かれた時計、マクドナルドのハッピーセットでもらったハンバーグラーの時計もあるし、百円ショップで買った紙の手作り時計もある。どれも共通しているのは、「動かない」ということだ。皆それぞれ勝手な時間を指して、ぴたりとその動きを止めている。今の俺の部屋で、正確な時を刻んでいる時計は、枕元にある白く四角い時計だけ。秒針がこと、こと、と乾いた音を立てるのがいいなと思って、近所の電気屋で買った。それも二年ほど前の話だ。

ベッドの右側に目をやると、フローリングの床の上に、昨日食べた牛丼の空容器、発泡酒の缶、「モーニング」、ラッキーストライクの箱、エリエールティシュー、干からびた黄色のマグカップ、カエルが大きく口を広げた灰皿、かかとに穴の開いた靴下、赤い輪ゴムが数本、黒飴の包み紙、水道局の請求書、ワイド版「人間交差点」、スヌーピーの柄のフォーク、などなどが散乱している。その向こうにはナカヌキヤで買ったカラーボックスが二つずつ、計四つ積み上げられている。中には写真集が数冊、南野陽子、アーヴィング・ペン、グレゴリー・コルベール、司馬遼太郎「竜馬がゆく」全巻、ジョージ秋山「浮浪雲」数冊、ジョン・アーヴィング「ホテル・ニューハンプシャー下」、遠藤周作「深い河」、遠藤順子「夫の宿題」、「アサヒカメラ」など。後はカバーをしたままか、裏返しに突っ込んである。

ベッドの足元には、床に直にテレビデオが置かれている。黒VICTOR、24インチ。映りは良くなく、ビデオは壊れている。テレビの上には、VHSが数本、中に何が入っているのかは、もう忘れた。テレビの横の扉を開けると、小さな台所と風呂、トイレ。でもここからは見えないので、もう一度視線を天井に戻し、そのまま出窓越しに外を見る。

暗くなってきた。ということは、夕方の五時だったのだろう。眠ったのが昨日の夜中の二時頃だから、十五時間ほども眠ったことになる。道理で頭がぼんやりしている。どうにかもう一度眠ることは出来ないものかと、目をつむっても、やはり眠れない。だからといって起きようにも、こう寒くては動く気になれない。

でも、眠らないままベッドに転がっているのも、なんとも退屈だ。いや、今はまだ退屈ではないが、あと五分もすれば退屈になるだろう。そしてもう五分ほど経てば、間違いなく絶望的な気持ちのまま絶対にこの場を動かなくなる。そうなる前に、起きなければ。

起き上がる前に、どれほどの寒さか確かめるため、はーっと息を吐いてみた。白い。白すぎるといっていい。この部屋はどうなっているのか。エアコンは四年前に壊れた。大家と話すのが億劫で、そのままにしている。暖房器具を買えばいいものの、なんとなく悔しくて買っていない。だから俺は自宅だというのに、始終ごっつい米軍のMA1を着て、そのまま布団にもぐりこむという生活をしている。暖かいことには暖かいが、何せごっついから、四年の間の冬、快適に眠れたことがない。

このMA1は、外には着ていかないことにしている。ばったもんだし、丈が短いので腰まわりが冷えるのだ。ちょうどエアコンが壊れた四年前に腰をやられてから、俺は腰にかなりの気を遣っている。くしゃみをするときも意識を腰に持っていくし、重いものを持つときなど、なおさらだ。冷やすのが一番良くないと知ってから、腰まわりを暖めるということに腐心してきた。ユニクロで三千九百円で買った大げさな上着が、今の外出着だ。一見すると屈強な男の筋肉のようなあの上着は、値段の割に軽く暖かい。すれ違う若い奴らが、俺と同じような格好をしているときもあり、これはこれで洒落《しやれ》ているのではないだろうかと思う。色気があるわけではないが、無いわけでもない。野暮で汚い親爺と思われるよりは、洒落て粋な男だと思われた方がいいに決まっている。というわけで、その上着を俺はほどほどに気に入っている。

「いち、にいの、」

ゆっくり声に出してみると、なんとなくやる気が出てきた。起きても何もすることがない、ということは考えないようにする。

「さんっ！」

叫んだ途端、カルピスを飲んだ後のような白い痰が飛んだ。エリエールティシューを出鱈目に取って、丁寧に拭う。それをしただけなのに、腹が減った。部屋に食い物は何も無い。財布を見てみると、三千円ほど入っている。俺はMA1を脱いでユニクロの洒落たやつを羽織り、外に出ることにした。

玄関を出ようとすると、向かいのドアもちょうど開くところだった。危ない、俺は急いでドアを閉め、覗き穴から様子を窺った。男が出てきた。もう十二年ここに住んでいるが、向かいのそいつの名前を俺は知らない。何の仕事をしているのかも知らないし、話したこともない。ただ知っているのは、俺より前から住んでいたということだけだ。あいつの部屋も、エアコンが壊れているのだろうか。聞いてみたいと思うことはあるが、気色が悪いので話しかけたくない。

何が気色悪いか。まず、顔がいけない。頬が出ている様子や、じゅくじゅくと赤黒い皮膚が足の裏を思わせ、そこに梟《ふくろう》が休んでいるような目、どこかで拾ってきたような鼻、赤く蒸しあげられた芋虫のような口が載っている。くしゃみをしたらぽとぽとと落ちそうな、ちぐはぐな顔だ。頭は数束の頭髪を残して汚く禿げているが、後ろ毛だけ異常に長く、輪ゴムで結わえてある。そして服の配色。肌色のパジャマにフードのついた水色のパーカー、中に着ているのは山吹色のセーター。よく見ると裸足に健康サンダル、しかも黄緑色だ。ここまでくると、センス云々の問題ではない。絶対に頭がおかしいに決まっている。家の扉も変だ。映画のチラシがびっしりと貼られていて、それのほとんどが「ジム・キャリーはMr.ダマー」というやつ。どこでもらったのか、そしてどうしてそれなのか。ジム・キャリーもMr.ダマーも知らないが、それを俺に見せ付ける意図が分からない。大家が来て注意してくれればいいものを、十二年間ずっとそのままということは、大家はこのマンションに足を運ぶことは無いのだろう。見捨てられた住まいというわけだ。

男はちらりと俺の扉を見て、不気味な歌を歌いながらエレベーターに向かった。いつも聞こえるその歌も気色が悪い。異様に声が高く、リズムが一定していない。カ、カ、カ、と速い箇所もあれば、そー、そー、そー、と遅い部分もあり、結局何を歌っているのか、歌詞も一切聞き取れない。英語なのか、と考えたこともあるが、それは言語などというレベルに達していない、違う世界の呪文のように聞こえる。

歌が完全に聞こえなくなるまで待って、やっと外に出た。鍵はかけない。取られるものなど、何も無いからだ。一度一階まで降りたエレベーターがここまで上がってくるのに、随分と時間がかかる。古いタイプだから速度が遅いのだ。四、五、動く表示をイライラしながら待って、やっとのことで止まった。大層な音を立てて開いた扉に、ダマーが乗っていた。

「ひいっ。」

　思わず声を出した俺を見て、ダマーも驚いた。

「きゃっ!」

　驚き方も気色が悪い。俺はムカムカと腹立たしい気持ちで、ダマーと入れ違いにエレベーターに乗った。すれ違うとき、ダマーは聞いてもいないのに、

「わすれもの、したのよん。」

と、はっきりと俺の目を見て言った。曇ったメガネの奥のその細い瞳は、着実に俺の姿を捉えており、嫌な具合に光る。見ようによっては、「うっとり」しているようにも見えた。前から思っていることだが、あいつは俺に惚れているのではないだろうか。あいつがホモなのかも、もしそうだとしてもどういう嗜好なのか分からないが、なんとなくそんな気がする。そして俺の「なんとなくそんな気がする」ことは、当たるのだ。あいつはホモで、俺に惚れている。なんとなく、そんな気がする。それを考

えると、背筋が凍ったように冷たくなった。いけない、また腰が。俺は咄嗟に手のひらで腰をかばい、渾身《こんしん》の力をこめて「閉」ボタンを連打した。待っていてくれるだろうと、あいつが思っていたりしたらたまらない。どきどきと動悸がする。どうして目覚めてすぐに、こんな落ち着かない気分でエレベーターに乗らないといけないのか。マンションを出ると、ひゅうっと鋭い音を立てて風が吹いていった。思わず身を硬くしたが、少し経つと部屋の寒さと変わりがないということに気付いた。部屋が寒すぎると、外の寒さがあまり気にならない。毎晩極寒の都会の片隅で寝ているようなものだ。

暖房器具。

魅惑的な四文字が頭に浮かんだが、すぐに頭を振った。悔しい。

マンションを出てすぐ右に曲がると、通天閣が見える。「日立プラズマテレビ」の側だ。近すぎて、首を大きく伸ばさなくては天辺まで見ることは出来ない。俺の部屋のベランダから見ると、それは目と鼻の先だ。十二年前このマンションに越してきたとき、毎晩のように煌々と明るいネオンサインを見ていた。日立パソコンだったか、日立コンピュータだったか、記憶は曖昧だ。しかし、あの頃は本当にそれを眺める以外、することがなかった。通天閣は、小さな頃親爺に連れてきてもらって以来だった。その頃のことはあまり覚えていないし、馴染みがある場所でもない。でも十二年前、家を探していたときに胡散臭い不動産屋が見せてきた間取りに、「通天閣近く!」という文字があったのに惹かれた。どうして惹かれたのか今となっては謎だ。でも、行き場のなかった、というより自分自身に何物をも見出せていなかった当時の俺にとって、通天閣のように、ただそこにあるだけで強烈な印象を残す何かが、とても眩しく思えたのかもしれない。

今から考えると、そもそもこのマンションは「通天閣近く!」ということぐらいしか、取り立てて言うことも無かった。ワンルーム、日当たり不良、保証人不要、外国籍歓迎。窓を開けると通天閣がすぐ近くに見えて、それはそれでなかなか悪くなかった。

それにも、すぐに慣れたが。

うどんにしようか、中華にしようか迷った。外で食うときは「さつきうどん」のキノコあんかけうどんか「大将」の塩やきそばに決めている。キノコあんかけは七百五十円、塩やきそばは六百五十円。たかだか百円をケチるのも情けない話だが、今月は財布も寂しいので「大将」の赤いのれんをくぐった。

「いらっさい！」

「大将」の親爺は滑舌が悪い。いつも、このいらっさい、には少しイライラさせられる。カウンターの左端が空いているので座った。水を持ってきた若い女に「塩やきそば」と言おうとしたら、

「いつものですね？」

と言われた。びっくりして見ると、女は分かってますよ、という風ににっこり笑っている。少しぽっちゃりした、愛嬌のある顔だ。くそ、とうとう覚えられてしまった。今度来るときは、時間をあけよう。俺のことを忘れてもらわなければ。

俺くらいの年で、行きつけの店を持っていることを自慢したり、店員と気さくに話せることを「なんとなくかっこいい」ことだと思っている輩がいるが、俺はそんなことには何の興味もない。店員と仲良くなる気もないし、気安く話す気もさらさらない。黙ってそっとしておいて欲しい。

ただ、ほとんど毎日のように来て同じ注文ばかりするのだから、覚えてしまうのは仕方が無いのかもしれない。この女は良かれと思って言ったのだろうが、だがこちら

にしては迷惑な話だ。塩やきそばは美味いのに、しばらくは食べられない。そう思うと悔しい。

　右隣にはひとつ席を挟んで、男と女が座っている。男は四十くらい、赤黒い、酒焼けをしている顔だ。女は背を向けているから顔は見えないが、いかにも水商売、白と黒のヒョウ柄のジャケットに黒のミニスカート、黒いストッキングは丸い穴が開いている。時々男が女の髪を撫でるが、見ただけで分かる、ツヤの無いごわごわとした髪だ。出勤前の腹ごしらえというやつか。もし男が客なら同伴ということになるのか、だとしたら貧乏臭い食事だ。格好から見ても、汚い場末のスナックかどこかの女だろう。安っぽい香水の匂いがこちらまで漂ってくる。

「お待ちどおさまでした！」

　さっきの女が塩やきそばを持ってきた。俺が箸を割ってもなかなか立ち去らないので、ちらりと見ると、またにっこりと笑っている。よく見ると、冬なのに鼻の頭にうっすらと汗をかいている。どうすればいいのか分からないので、曖昧にうなずいて視線を戻すと、女は、

「ごゆっくり！」

と言って立ち去っていった。これで確実だ。

あの女は、俺と仲良くなろうとしている！

くそ、くそ、次に来るのはかなり先の話になるかもしれない。俺は名残を惜しむように、塩やきそばの味を噛み締めていた。美味いが、イカの量がいつもより少ない気がする。海老は嫌いだから、入れなくても構わんのに、これがいつもより多い。昆虫のような食い物は嫌いだ。シャコや海老、大きいそら豆を噛んだ感触も、なんとなく気色が悪い。ちまちまと海老を避けながら、代わりにイカを入れてくれればいいのにと思った。店の人間と仲良くなれば、そういう我儘オーダーも出来るのか、とふと考えて、慌てて首を振った。それは嫌だ。そっと店内を見回すと、またあの女と目が合った。合った途端、にっこりと笑う。また曖昧にうなずいて、俺はやきそばに集中した。箸を持つ手に、じっとりと汗をかいていた。

「ごっとおさん！」

嫌なダミ声が聞こえる。見ると、隣の男女が立ち上がったところだった。餃子や野菜炒めが、それぞれだらしなく皿に張り付いている。女の顔を見てやろうと身構えると、振り返ったそいつを見て、やきそばが急にまずくなった。油絵のような化粧はしているが、そいつは確実に男だった。おっさんだった。青々としたアゴと口周り、乾いたソバージュの髪は、生え際が少し後退さえしている。

見るのじゃなかった。そう思ったが、なんとなく目をそらせなかった。おっさんは俺の視線に気付くと、「うっふん」とでも言うばかりに目配せをしてくる。隣の男といい、俺はどうしてこういう奴らばかりに好かれるのか。俺の顔に、中年のオカマを引き寄せる何かがあるのだろうか。剃り残した顎鬚《あごひげ》を撫でながら、俺は圧倒的にまずくなった塩やきそばと、ぐたりと転がった海老を見て、しばらく呆然としていた。

# 二

『お母さんとホテルに泊まっている。

横で眠るお母さんを見ると、腹の上にネズミ捕りを置いている。ぎくりとして「ネズミが出るの？」と聞くと、「さっきここでエサをかじっていた」と言う。私が、おうおうと泣き叫んでいると、「あ！　ネズミ」とお母さんが天井を指差す。ぎゃあ、と声をあげて飛び起きると、大きなネズミが天井から壁をつたってベッドに降りてくる。「落ち着いて、落ち着いて！」お母さんが私を励まし、私はこよりのようにしたベッドのシーツでネズミをネズミ捕りまで導く。ネズミは心底怯《おび》えている。「右、何してんの、今度は左っ‼」お母さんが寝そべりながら指示を出すけど、泣きすぎて前が見えない私は、ネズミをうまく誘導することが出来ない。「ほな、あんたが寝ぇ。お腹にネズミ捕り置くさかい」お母さんがそう言うけど、私はそれを聞いてまた泣く。そんな恐ろしいこと出来ないと、泣き続ける。お母さんは大きな口を開けて、あくびをし、「あんた、ひとりやったら何も出来へんねんな」と言う。』

寝返りを打ったけど、何にも当たらなかった。

マメがいないと分かって寂しくなったけど、目は開けずにいた。五時くらいか、もしかしたらもう六時を過ぎているかもしれない。どっちにせよ起きなければいけないのは分かっているけど、どうしても目が開かない。布団はうまい具合に私の体をすっぽりと包んでいるし、それがどうしようもなく温《ぬく》いのだ。このまますぐ暖かいコタツに入れたらいいけど、マメもいないし、それはしんと冷えているだろう。

力を振り絞って目を開ける。まずは右目から、そして、左目。外に出なくても分かる。今日はものすごく寒い。ためしに息を吐いてみる。ほら、真っ白だ。窓の外はもう青黒くなってきている。首を回して枕元を見ると、五時二十四分。

胃が気持ち悪い。昨日は朝まで焼肉に付き合わされた。「帰りたい」アピールを散々したのに、オーナーは私の意図にちっとも気付かず、最近熱をあげている十五歳の女の子の自慢話を延々としていた。

「バーバリーのミニスカート買うたってん。足がスラー、と長いからな、よう似合いよんねん。言うことが可愛いんや、こんな高いもん買うてもろていいんですか？　やて。なぁ、可愛いやろ。ゆうても一、二万の話やで。」

オーナーの荒い鼻息と、もうもうとこもった煙、何より体をじっとりと包んでいる眠気のせいで、私は意識が遠くなっていた。でもそれも、ことあるごとにオーナーが言う、

「やっぱり女は十代やで！」

という叫び声で吹き飛ばされ、また延々と話の続きを聞かされることになった。

今日もどこかに連れて行かれるのだろうか、絶対に断ろう。こう毎回朝まで付き合わされていたのでは、身がもたない。

起きなければ、起きなければ、と思えば思うほど、体がずくずくと重くなる。肩からつま先まで、全力で「ここから出たくない！」と言っている。目覚めてすぐに死にたくなるくらい眠い、こんな生活をするようになってから、もう半年ほどが経つ。

「よっしゃー。」

体を起こすために、そう声に出してみた。

「よっしゃー！」

もう少し大きく。布団の中でもぞもぞと動いて、手を開いたり閉じたりする。ぎゅ、ぎゅ、と力をこめると、体が段々慣れていくのが分かる。

「せー、のー、」

次の瞬間に起きなければいけないのかと思うと、なかなかもう一言が出ない。かなりの間隔をあけてから、私はやっと気合を入れた。

「でっ！」

寒い！

私は慌ててコタツを「入」にして、頭から、マメの大きなセーターをかぶった。暖房を入れたいけど、電気代がかさむので、自分にムチを打つ。

台所に行くと、もっともっと寒い。冷蔵庫を開けても、そう変わらない気がする。つま先立ちで風呂に行き、歯ブラシを取る。歯磨き粉を買うのを忘れたから、水に濡らしてそのまま口に入れ、部屋に戻った。コタツはまだ暖まっていない。しゃこしゃこと歯を磨いていたら、実家でこうやっていたことを思い出した。学校に行く前、あんまり寒いから、私はコタツの中で全てを済まそうとした。着替えも、歯磨きも。母さんはそんな私を見てよく怒った、「行儀悪い！」。今は私を怒る人が誰もいないから、気が楽だ。こうやってコタツに入って歯を磨こうが、素っ裸で歩こうが。でもそのかわり、温かい朝食を作ってくれたり、コタツを暖めておいてくれる人もいない。

「ぶえっくしょっ！」

くしゃみが出た。撒き散らされた自分の唾《つば》を見て、ため息が出る。それは道々で凍っている雪の残りみたいに見える。

家を出る頃には、夜がすっかりあたりを包んでいた。吐く息がますます白く光って、そのまましばらく空中で留まっている。冬は、風や雲や空気の動きが、いつもより緩慢になる。煙草の煙もなかなか消えていかないし、雪についた足跡も、名残惜しそうに地面に張り付いている。そのくせ暖かさの予感だけは大急ぎでどこかへ逃げてしまうから、私はものすごく可愛がられている中国の子供のような、こんなむくむくと大げさな厚着をしなければいけない。耳あてとぐるぐる巻きにした大げさなマフラー、何枚も重ねたセーターの上にダウンジャケット、足元はタイツとジーンズ、靴下も重ねてつま先ホッカイロ。

手袋をして自転車にまたがるときは、あまりの厚着で、ずいぶんと大層な仕事をしている気分になる。そして、漕ぎ出す瞬間に、一番気分が萎える。どうしてこんな寒いのに、わざわざ風に吹かれないといけないのだと思う。布団の暖かさを思い出し、ため息が止まらない。

小さな頃、自転車を漕ぎ出すときはいつだってワクワクした。ぐん、と大きくひと漕ぎしたら、それだけで何か楽しい事が始まるような気がした。冬だって、夏だって。どうしてあんなに元気だったのだろう。「寂しさ」や「切なさ」から、圧倒的に遠い場所で、小さな私はいつまでも自転車を漕いでいた。夕方になり、お母さんが迎えに来たときも、「帰りたくない」なんて、ダダをこねたりはしなかった。それどころか、帰りの道すがら、私はいつまでもうきうきと嬉しかった。あの頃、夕暮れのオレンジは、終わりの色ではなかった。それはその時間にしかない奇跡の色で、そして明日の楽しさを予感させてくれる、優しい優しい色だった。

今、窓から見る夕暮れは、だらりとだらしない色をして、もう少しで終わる一日を、一刻も早く忘れたがっている。そして早く黒にバトンを渡したいと、そう思っている。その黒は期待に違わず、すぐにやってきてぐんぐん速度を増し、地上に降りてくる。

そしてあっという間に、昼間の何もかもを隠してしまう。その中には「楽しいなぁ」や「幸せかい？」や「めちゃめちゃ好き」や「なんか切ない」なんかがごたごたに混ざっているから、私はその思い出を微かな匂いの中でしか、思い出すことが出来ない。うんと鼻をきかせても、今、私の周りには、それらは少し、ほんの少ししか無い。

だから、夜に自転車を漕ぐのは嫌いだ。

この生活に、はじめはちっとも慣れなかった。半年前まで、私は花屋でバイトをしていた。朝の九時に出勤して、入荷してきた花を仕分けする。仕入れ伝票を確認して、バケツに水を入れ、葉っぱをちぎる。日当たりを考えて花を並べ、出勤してきた店長に挨拶をし、軽口を叩いて、開店前に一杯コーヒーを飲む。そして店長が煙草を一本吸うのを待って、店を開ける。プレゼントを頼まれたらお客さんと話しながらブーケを作り、リボンの色を考え、メッセージカードをこっそりと読む。お昼になったら弁当を食べ、またコーヒーを飲み、適当にメールをする。夕方になるとちらちらと時計を見、店長にこづかれながら、しなびた花や植物をもらう。そしてお疲れ様ですと声をかけ、五時には店を出る。

ずっと、そんな毎日だった。呆れるほど単調で、笑ってしまうほど平和だった。

冬、冷たい水に手をつけるのは辛かったし、薬品で手が荒れたことも、居眠りをしながら仕事をしたこともある。眠くて車に轢《ひ》かれそうになったこともあるし、タイヤがパンクしてずるずると押しながら家まで戻ったこともあるけど、それでも、自転車を漕ぐのを辛いと思ったことは、一度も無かった。今の私のように、何かに引きずられたようなだらりとした気持ちで自転車を漕ぐことは、無かった。周りは明るかった。太陽はまだそこらじゅうを暖めてくれたし、道行く人は昼間の顔をしていた。後ろ暗さの無い、堂々とした影を地面に残して、私は力強くペダルを漕いだ。雨が降っても、寒い冬でも、いつでも自転車に乗っていた。

家に戻れば、マメがいた。

マメがいなくなった半年前から、私の生活はガラリと変わった。

いや、ガラリと変わったのではない。マメがいなくなるということ、そのことは前から分かっていた。マメは、映像作家というものを目指していた。一緒に暮らしていた頃、私たちの部屋にはいたるところにマメが使うわけの分からない機械が置かれていた。私が眠ってもマメはいつまでもパソコンに向かっていたし、起きたらそのままつっぷして眠っていることもあった。知らない外国のアーティストのプロモーションビデオをよく私に見せてくれたけど、芸術心のまるで無い私には、それは変な人たちが変な格好で踊ってる、へんてこな代物にしか見えなかった。

ある日、マメが急に、

「ニューヨークに行く。」

と言い出した。はて、何のことやら。私はわけが分からず、のん気に旅行にでも行くのかと思った。でもマメは、留学しようと思っていること、お金は前から貯めていたこと、そして、三ヶ月後に行くということを、静かに話した。まるで、今日やった家の雑事を報告するみたいだった。冷蔵庫に、タッパーに入ったカレーがあります、洗濯物は干したけど、雨が降りそうだから気をつけて、お風呂は昨日入っただけだからお湯を捨てないで、そんな風に。

私は頭が混乱していた。パソコンにつっぷして眠っているマメ、熱心にビデオを見るマメ、そして、煙草を吸ったり爪を切ったりあくびをしていたマメが、頭の中に浮かんでは消え、消えてはさっきより強く、色濃く浮かび上がってきた。マメ、そう声に出したけど、混乱した頭では何を聞いていいのか分からなかった。やっとのことで、

「どれくらい行くん?」

と聞いたら、

「三年。」

と言った。

私たちはそのとき、付き合ってちょうど二年だった。出会ってすぐに盛り上がって付き合って、そして勢いで部屋を借りた。だからこの部屋も、ほとんど二年間一緒に住んだことになる。でもマメは、私たちが一緒にいた期間よりもっと長い時間、離れ離れでいようと言っているのだった。

そら、ないわぁ。

そう思った。そしてすぐに、嫌だと言いたかった。でもマメの、冬の空みたいに静かな目を見ていると、何も言えなかった。

それからの三ヶ月は、あっという間にすぎた。マメは、いつもの三倍速くらいで動き回り、留学への準備を着々と進めていた。いきいきと動き回るマメを見てると、なんだか知らんが、だまされた！　そんな気になった。そもそもそんな大切なことをほんの三ヶ月前に言うなんて。こっちは何の準備も出来ていないのだ。生活も、心も。

「実家に帰ればいいのに。」

マメはそう言った。私の実家は大阪府内だ。母親と義理の父親が住んでいる。ここから電車で三十分も乗れば着くし、母親はいつも帰ってこいと言う。けれど、私は嫌だった。義理の父親はいい人だけど、やっぱり本当の父ではないから気を遣うし、何よりマメがいたこの家を出て行くことは、マメ自身を失うことのように思えたのだ。

私たちは、別れるのではない。

私は牛が食べ物を咀嚼《そしやく》するように、何度も何度もその言葉を思い浮かべた。時には、声に出して言いさえした。でも、三倍速で動くマメと裏腹に、私の動きは三分の一ほどになり、ぐずぐずと、いつまでもその場を動かなかった。新しい生活への不安はそのままマメへの不信感と苛立ちに変わり、いつからお金を貯めていたのか、いつから考えていたのか、そんなことばかりをマメに聞くようになった。夜になると泣いてマメを困らせ、一人では生活できないと訴える。引っ越し代を出すから実家に帰った方がいい、というマメの提案に耳を貸さず、かといって貯金をしようともしなかった。

私は相変わらず花屋に勤めていたし、月十五万の給料では、ふたりで住んでいたこの家の家賃を払って生活できるはずはなかった。

この仕事は、マメが行ってしまってから探した。

マメがいなくなって一番寂しかったことは、夜一人でいなければいけないということだった。ふたりでいた頃、私は買い物を適当に済ませ、六時くらいに家に着いた。マメが帰ってくるまでテレビを見て、そしてよっこらせと、ごはんを作る。マメは八時くらいにはきちんと帰ってきて、ふたりで一緒にごはんを食べる。私はお風呂に入ったりまたテレビを見たり、漫画を読んだりするけど、マメはパソコンに向かって何かをしている。飽きた私が布団に入ると、ビデオをデッキに入れたりしていた。そして大抵、私の方が先に眠った。瞼を通ってくるデスクライトのぼんやりした灯り、パソコンのキーを叩くカタカタという音、マメがコーヒーをするズー、という音。そのどれもが私をゆったりと安心させ、暖かい眠りに誘ってくれた。そして朝起きて、腕を伸ばせばその先にマメの肩があるということが、これから始まる単調で、退屈で、心底平和な一日を約束してくれているような気がした。

その全てを突然失って、私は途方にくれた。家に帰っても、ごはんをひとりぶんしか作らないこと、夜になっても、部屋には私の匂いしか漂っていないこと、そのことが私をどうしようもなく悲しくさせ、私は毎晩のように泣いた。そして、夜を埋める仕事をしようと思い立った。生活は苦しかったし、時給の高い職につくことも必要だった。

そして選んだのが、今の仕事だ。スナックの黒服、チーフと言われるものだ。

この仕事を女がしていいなんて知らなかった。でも、ホステスをするのは怖かったし、もちろん器量も足りない。時給千四百円、夜七時から朝二時まで。帰ってくれば、くたびれて泥のように眠るだろうし、お皿を洗ったり立っているだけなら、私でも出来るだろうと思ったのだ。

そして何より、時折メールや電話をよこすマメに「スナックで働いている」ということで、マメがしでかした私への仕打ちの大きさを気づかせようとしたのだ。

「そんなとこで働いているなんて……。」

そう思わせ、いてもたってもいられなくなったマメが、私の元へ帰ってきてくれるのではないか。

今のところその作戦は功を奏していない。でも、電話を切るときに言うマメの、

「ごめんな。」

というその言葉で、私は、よしまた頑張ろうと思う。バイトを頑張るのではない。生活を踏ん張るのでもない。ただただマメの気持ちを、私にひきつけることに精を出

そうと思うのだ。でもマメからのその電話も、なかなか来なくなった。自分の頑張りどころを見つけられずにいる私は、今日も死んだような気持ちで、のろのろと自転車を漕ぐのだ。

# 三

店を出て、食後のコーヒーを飲むため、少し歩いた。腹はそれほど膨れていない。オカマのせいでまずくなったというのもあるが、大盛りを頼み忘れたからだ。どうして大盛りにするのを忘れたのだろうと考えて、店の女が「いつものですね?」と言って来たのを思い出した。あれで動揺して、ついうっかり言うのを忘れた。馴れ馴れしい店員というのは、本当に腹が立つ。

喫茶店の扉を開けると、「いらっしゃい」と言う店員の声と、テレビから流れるニュースの音が聞こえる。ここは、通天閣の四本の足のうちの一本の、すぐ隣にある。ほとんど真下と言っていいくらいだ。この位置から見ると、通天閣というやつは、ずいぶんと大きいものだと改めて思う。鉄骨むき出しの足が地面に突き刺さっているが、不思議と無機質な感じがしない。薄汚れているせいもあるのだろうが、枯れた落ち葉がちぎれ落ちてきそうな、暑い盛りには汗をかいていそうな、どことなく生き物の匂いのする建物だ。

窓際の席が空いている。いつもの席だ。ここはテーブルと椅子の配置がおかしい。ふたつ並んだ椅子の前にテーブル、その前に四人がけの椅子とテーブルがある。つまりふたりがけのテーブルについた人間は、前の席の四人のうち、ふたりの背中を見ないといけない。テーブルが狭いので、かなりの至近距離でだ。背中ならまだいい。例えば四人がけの席の人間がひとりで、ふたりがけの席の方を向いて座ったら、かなり近い距離で対面になる。これはとても気まずい。それを見越してか、店にはほぼ全ての種類のスポーツ新聞と雑誌、漫画を常備してある。店に入るときにめぼしいものを手にし、そのまま席についたら、後は飲み物を頼んで、それをずっと読んでいればいいのだ。朝一番や夕方頃になると、朝刊、夕刊目当てにおっさんたちでごった返す。

一度「夕刊でーす」と配達人が持ってきた新聞を、おっさん三人が取り合っているのを目撃したことがある。俺は、もちろんそんなことはしない。

「ご注文は?」

この店の若主人らしき男が来た。

「コーヒー。」

と言うと、

「ミルクと砂糖は？」

と聞き返す。ここには週四回のペースで来ている。俺がミルクも砂糖も大量に入れることをそろそろ覚えてもいい頃なのに、この男は何度でも聞いてくる。職務怠慢だといっていいだろう。しかし、ここで怒る俺ではない。新聞から、紳士的に少しだけ目を上げ、

「ください。」

と言う。若主人は黙って厨房に戻る。いつ来ても愛想の無い男だ。この店の主人の息子か何かだ。一年ほど前から店に立つようになった。どこぞに就職したのはいいが疲れたかクビだかで辞め、そしてすごすごと実家に戻ってきたのだろう。「不満」「敗北」という文字が、体にべたりと貼り付いている。薬指に指輪をしているが、あれは見栄かハッタリだ。大体結婚指輪をつけ続けている男は信頼がおけない。「妻を愛していますよ」という胡散臭いアピールが、いちいち鼻につくのだ。

「お待ちどおさまでした。」

若主人は機械的にそう言うと、コーヒーと砂糖、ミルクをテーブルに置いた。砂糖

をふたつ、持ってきたミルクを全部入れる。少しぬるくなるが、構わない。『風俗探検隊　特選！　男の指定席』『東大阪市の親子（67歳無職・36歳無職）覚せい剤所持で逮捕』『競馬予想』。適当に文字を追いながら、コーヒーをする。美味いとはいえないが、まずくもない。この時間が一番好きだ、とは言いたくないが、悪くはない。外はすっかり暗くなり、通天閣の灯りが地面に赤い光を落としている。時計を見ると、六時五十分。あと五時間と少しで、今日が終わる。俺の一週間で唯一の休みの日が。そう考えると、何故か分からないが、少しほっとする。昼間、明るいうちに起きないのは、何かこの安心感と関係があるのかもしれないな、と思う。でも、それ以上は考えない。

スポーツ新聞にも飽きて、窓の外を見た。そこには、通天閣から出てきた観光客用のタクシーが、何台か列を作って停まっている。そして少し離れたところに、いつものジジイが立っている。左の肘から先が無い。病気か何かで切ったのか、それとも事故か。古びた、いかにも埃の臭いがしそうなジャケットの袖をぶらぶらと揺すりながら、ガードレールにもたれている。顔は酒焼けだろう、茹《ゆ》で上がったタコのように赤黒く、頭髪は数える程度、泣いているような細い眼と、それより太い眉毛、カリフラワーのような鼻に隠れるようにして小さな、異様に赤い唇。どこをどう直しても、あいつはきっとあいつのままだ。パーツ全てに主張がありすぎる。そのくせ存在感は皆無に等しく、ガードレールと一体化して、汚れた空気のように、毎日そこに立っている。

ジジイは、列が進んだことに気付かず、一台分の間隔をあけたまま停車しているタクシーがあると、嬉しそうに近づいて行き、窓を叩いて運転手に知らせる。

「前、空いてまっせ。」

奴がしているのはそれだけだ。一日中そこに立って、それだけ。中には顔見知りになった運転手もいて、窓を開けてジジイに話しかけたりもしているが、ジジイはガードレールを離れない。適当に挨拶を交わし、あとはまた、列に滞りが無いか見張っている。誰に頼まれているのでもないだろう。ただの、頭のおかしいジジイだ。どうやって生活しているのかは知らない。でもジジイは、毎日毎日そこに立っている。

この喫茶店に来るのは、ジジイを見るためではない。食後の美味しくもないコーヒーを飲むためだが、俺はいつも新聞に飽きると、いつの間にかジジイをじっと見ている。気が付けば、何時間も経っていることもある。ジジイはほとんど動かないから、店の連中はまさか俺があいつを見ているとは思わないだろう。俺の風貌からして、何か哲学的なことを考えているに違いないとでも思っているはずだ。

タクシーは今のところ、一向に動かない。ということは、ジジイも動かない。

こんな寒い平日のこの時間に、通天閣くんだりまでやって来る観光客などいないだろう。ジジイは寒さを忘れたかのように、ジャケットの前をはだけて、いつまでもいつまでもじっとしている。

「大将、落ちてんでぇ。」

そう声をかけられて、はっとした。見ると、四人がけの席のあっち側に、東条英機のような顔をした親爺が座っている。くそ、そこに座ると対面になるのが分からないのか。

「ほれ、床。」

親爺が指さすそこに、さっきまで俺が読んでいたスポーツ新聞が落ちている。拾って軽く頭を下げると、親爺はピースサインをしてきた。帰ろうと席を立つときにちらりと見ると、親爺はずっとピースサインを出したまま、エロ雑誌を見ている。よく見ると小指が無かった。時計を見ると七時半。あと四時間半で、俺の一日が終わる。

店を出て、家に戻る。店を出てからは、ジジイのことは見ないようにしている。何故か分からないが、それは俺のルールであり、ジジイに対するルールでもあるような気がしている。あんなこ汚いジジイにルールも敬意も無いが、何故かあのジジイは、喫茶店の窓越しにしか見てはいけないような気がするのだ。もしかしたら俺はあいつのことを、ガードレールを含めた一枚の絵や、ブラウン管に写る映像のように思っているのだろうか。じかに見た途端、消えてなくなってしまうような、そんなものだと思っているのだろうか。だとしたら、本当に馬鹿馬鹿しい。阿呆だ。そもそもあのジジイが消えてしまおうが、俺は一向に構わないのだ。

地面に痰を吐いて、俺は家路を急いだ。

そこから俺のマンションまで、五分もあれば着く。せっかくの休みなのだから、もう少し遠出をしてみようか、と思ったこともないことはないが、俺は「せっかくの」に始まる貧乏臭い感傷は嫌いだ。ガイドブックを読み漁り、旅行に行けば載っていた全ての名所旧跡を回ろうとするのがこういう輩だ。そういう奴はえてして、あの「行きつけの店自慢」をする。俺は俺だ。今日は俺の休みだ。だから俺の好きなように過ごす。夕方起きて最初にカルピス痰を拭い、近くの店で飯を食い、コーヒーを飲み、そのまま帰る。それで終わりだ。

夜中に腹が減ったとき、また外に出るのが面倒なので、コンビニに寄った。

「いらしゃいませこんにちはー。」

コンビニ店員のこの挨拶は、他の追随を許さない心の無さだといつも思う。今日もあの、中国人がいる。眼鏡をかけて、線の細い、若い男だ。あいつは、いつ、どんな時間に来てもいる。休みはあるのか、寝ているのかと、こちらが気にかけてしまうほど、毎日いる。そして、いつもカップラーメン売り場のラーメンを整理している。焼きそばUFO、どん兵衛、サッポロ一番などの定番商品を最下段に、新商品をよく見えやすい上中段に配置するのは、どこのコンビニでもそうなのかもしれないが、あの男は何故か「カップヌードル　シーフード味」だけは、いつも最適な位置に置いている。しかも、他のカップヌードルシリーズは、最下段だ。置くのは、シーフードヌードルだけ。あんまり推薦しているようだから、久しぶりに買ってみたことがある。いつもは鼻くそほどの愛想も無い男なのだが、そのときだけは、少し嬉しそうだったような気がする。そして釣りを渡されるとき、

「あんた、知ってんね。」

そんな目をされたような気がするのだ。しかし家に帰って食ってみたら、なんのことはない、それはカップヌードルのシーフード味で、この味、懐かしいな、ぐらいの感想しか俺には持てなかった。

ちらりと、男を見てみる。まただ。また、シーフードヌードルを大量に仕入れている。この店には店長がいないのか、あいつは好き勝手なことをしている。まれに、本当にまれにあいつがいないときに買うおでんと、あいつがいるときのおでんは、圧倒的に味が違うし、公共料金の支払いをすると、店用の控えのはずのものまで渡してきた。コピー機が使えないんですけど、と言ってくる客がいたら、途端に日本語が分からないふりをするし、肉まんをトングを使わず手で取る。何か聞いたら「ぁあ?」と聞き返すし、弁当を買っても「温めますか?」と言わない。「温めてください」と言うと、舌打ちをせんばかりの面倒臭がり方だ。

名前を覚えて、クレームでも言ってやろうかと思う客もいるだろう。でも、あいつには大きな強みがある。名前が、読めないのだ。店員は皆名札をしていて、当然あいつもしている。一度あいつの名札を見てやったことがあったが、何度目を凝らしても、読めない。達筆なのか、ふざけて左手で書いたのか、もしかしたらわざとなのか、中国にしかない漢字なのか。意味の分からない文字が筆ペンで殴り書きされている。

「あの、名札読まれへんやつ。」

と言ってもいいのだが、ここいらの客はそこまでするほどの気力はない。皆あいつの暴挙に対抗するよりは、一刻も早く慣れ、なかったことにしようとしているのだ。

あいつはここいらの人間のそんな性癖を知ってか知らずか、とにかくその上にあぐらをかき、コンビニ内で小さな帝国を作り上げている。もちろん法律は、あいつだ。

ばこっばこっと恐ろしい音がした。驚いて見ると、空いた段ボールをあいつが蹴り上げて破壊している。ガムテープを剝がして折りたためばいいものを、あいつはなんでも面倒臭がる。破壊されたそれはもちろんビニール紐でまとめたりはせず、堂々と可燃ゴミの袋に詰め込んでいる。

一刻も早く出ようと、弁当のコーナーに足を速めた。

ちらりと、ざる蕎麦とお稲荷さんセットに目がいったが、思い直して見ないようにした。二年ほど前、俺は三百六十五日、毎日欠かさず、あのセットを食べていた。金が無かったということもある。でもそれ以上に、俺はコンビニの蕎麦とお稲荷さんが好きなのだ。普通の蕎麦屋の蕎麦や、寿司屋のお稲荷さんでは駄目だ。コンビニの薬品の臭いが染み付いた、箸で持ち上げると全部四角くなってついてきそうな青い蕎麦と、少し甘さがすぎる、ぎとぎとと油の浮いたあのお稲荷さんが好きなのだ。そしてそのふたつのコンビとなると、これは最強だ。コンビニの蕎麦はツユが少ないので、バランスを考えながら食べるのも楽しいし、たまにお稲荷さんをツユにつけてみるという冒険をするのもかなり嬉しい。この前、別のコンビニに行って買った蕎麦に「麺ほぐし用汁」なるものがついていて驚いた。ここまできたか、と思った。メーカーよ、どうして消費者にそこまで気を遣う。俺は、箸を突き刺さねば食べることができないほどの硬い蕎麦でいいのだ。誰が蕎麦屋のコシをコンビニ蕎麦に求めるのだ。ファーストフード店もそうだ。提携農家の野菜を使っている？　国産ハーブ地鶏？　誰がファーストフードに明日の健康を、心の安心を求めるのだ。あんなものは、ぎとぎとで不健康で、うさんくさいものであればあるほどいい。消費者に媚びるのも、ほどほどにしてもらいたい。

そして、蕎麦とお稲荷さんセット。どうして俺があれほど焦がれたそれを見ないようにしているのか。三百六十五日食べ続けた結果として、俺は脚気になった。

ある日から脚がしびれるようになった。疲れているのだろうと放っておいたら、それはどんどんひどくなった。見ると、足がぱんぱんにむくんでいる。すね毛の毛穴が広がり、相当グロテスクだ。「きゃっ」と、思わず女のような声を出してしまったほどだった。そして、慌てた俺が行った病院で言われたのが、

「脚気やな。」

だった。栄養の偏り、特にビタミン$B_1$の不足で起こるらしいこの病気は、栄養価の高い食物が豊富になった現代では激減したらしい。医者は俺がよく世話になっている七十を超えたじいさんだ。「粛清病院」。とんでもない名前だ。

「江戸時代やったらな、金持ちがなったんやで。精米された白米あるやろ？　あれ$B_1$が入っとらへんねや。でもそない白米なんかな、金持ちしか食べられへんやろ？　誰やったかいなぁ、徳川さんのだれぞが、それで死んだんや。えーとぉ。」

話が長くなりそうなので早々に退去したが、後日図書館でそいつを調べた。徳川家茂という奴だった。同じ病気にかかった者同士愛着がわいて、しかも死んでいるということで奴は相当の先輩だし、俺はちょくちょくそいつのことを調べるようになった。しかし大した奴では無かったのか、すぐに忘れてしまった。

その脚気の原因はいわずもがな、蕎麦とお稲荷さんセットだったというわけだ。も

ちろん他のものもバランス良く食べればよかったのだろう。でも金が無かった上、俺は偏執的にそれが好きときている。一日二度食べたこともあるほどだ。一度食べてしまうと、また病みつきになり、今度は家茂と同じ運命を辿らないとも限らない。俺は日々自分に言い聞かし、蕎麦も稲荷も見ないようにしている。

適当な巻き寿司と背脂系ラーメンの大げさなカップ、そしておーいお茶のミディペットを持ってレジに行った。いつものことだが、奴は来ない。すいません、と呼んでも、ここでは通じない。あいつは思う存分仕事をまっとうした後でないと、レジには来ないのだ。

ばこっばごっ、と不吉な音が響く。俺はレジ横に置いてある「すっぱい梅にご用心」ガムを見ながら、いつまでもそこに立ち尽くしていた。

あと少しで、俺の休日が終わる。

# 四

扉を開けるとき、いつも大きく深呼吸する。一日の中で一番嫌な瞬間だから、気合を入れないといけないのだ。今日はいつもよりうんと嫌な気分だから、深呼吸を深めに何度もしていた。

七度目か八度目かで、大きく息を吸ったとき、

「わっ！」

という大声と、背中に衝撃を感じた。吸っていたとき、しかも大きく吸ったときだったから、私は「うぇお、げほうっ」と、おおげさにむせて、挙句鼻水まで垂らしてしまった。

「おいおいおい、大丈夫かぁ？　驚きすぎやろい。」

両手で鼻を隠しながら見ると、案の定オーナーだった。目を真っ赤に充血させて、もうすでに焼酎臭い。語尾を「やろい」などと言うのは、彼の癖だ。少し酔うと「や

ろいっす」「やろいーの」など、どんどん訳が分からなくなる。

「お、おばようございばす。うおぅっげぼっ。」

むせながらも、必死でそう言うと、

「家帰る途中やってんけどな、お前の姿見たさかい、驚かしたろ思てなっ！」

と、茶目っ気のあるとこを見せた。酔った初期の癖に、この、「下手に子供っぽいことをする」という特徴がある。トイレに立って戻ってきたらテーブルの下に隠れているだとか、私の携帯を隠し、「どぉこだぁ？」なんて言う。私はそれが大嫌いだし、そういうことをされる度「死んでしまえ」と思う。でも、究極に酔った彼に当り散らされるよりはマシなので、「オーナー、どこかなぁ？」「返してくださいよう」と、嫌々ながら付き合う。

「ほな俺、シャワー浴びてくるさかい。」

オーナーは急に真面目になって、その場を去った。真面目になる台詞ではないのに、突然酔っていないフリをするのも、彼の癖だ。そして私が出勤しているのに彼が帰る、ということの状況も、よくあることだ。客と朝の七時や八時、ひいては昼の十二時くらいまで飲み、歩いて十五分ほどの家に帰るのが面倒になって、店で眠りこける。そして夕方目覚めてから、家にシャワーを浴びに帰るのだ。たまにそのまま眠って店に来なければいいのに、と思うけど、彼はどんなに二日酔いでも、寝ていなくても、店には必ず顔を出す。

シャッターを開け、ガラスの扉を開ける。入って半年も経たない私に鍵を渡すオーナーもすごい、と思う。他のホステスさんは誰も、ママでさえ鍵をもらっていないのにだ。でも、ちっとも嬉しくない。彼が私に鍵を渡す理由が、「大卒やから、信用できる」だからだ。紀元二〇〇〇年もとうにすぎた今になって、大卒だから信用できる、ときた。彼の判断基準はすごいけど、彼のことをずっと見ていると、そういう判断をしかねない男だというのは、すぐに分かる。

とにかく、視野が狭い。自分が見てきたもの、触れてきた世界だけを信じている。三十年近く水商売の世界にしかいない彼からしてみれば、私のように二流の大学を卒業しているだけで「秀才」「ガリ勉」となる。ストッキングを穿かない女が信じられないし、私の布で出来たカバンを「ズダ袋」と呼ぶ。好きな音楽はサザン、カラオケではどんな歌も絶対に桑田声で歌う。高い時計が大好きで、靴は磨いていないと恥ずかしい。香水をかけまくって、化粧の濃い女が好き。そして、ミナミの街が世界一だと思っている。本当に、疑いなく、そう思っているのだ。そしてその先には、ミナミで十五からやってきた俺は、世界一、となる。あっぱれだ。

店の名前は「サーディン」。意味が分からずアルバイト情報誌で選んでしまった私が阿呆だった。サーディンはいわし、オーナー曰く「パーッといわしたろか」という意味だそうだ。そんな意味だと知っていたなら、絶対に電話をかけなかったのに。

店は暖かかった。ヒーターを入れっぱなしで眠ったのだろう。キッチンにあるスイッチを見ると、どれも「入」になっている。適当に温度を下げ、全ての電気をつけた。マフラーやコートや何やかやを脱ぎ、私は黒服に着替える。白いシャツと黒いスカート、黒いサロンを巻いて、首元には黒いチーフタイ。脱いだものの重量に改めて驚くけど、適当に畳んでロッカーに押し込んだ。最初の仕事は、トイレ掃除だ。トイレは、タイルも便器も黒。洗面台は象牙風、金の蛇口がついている。趣味の悪さもここまでいくと、何も言うことはない。そのくせ、トイレクイックルだとか消臭力だとかが、見えるところにおいてある。そのバランス感覚も、彼独自のものだ。店内の装飾はビクトリア王朝風というかロマネスク風というか、もうそんなことどうでもいいというような派手プラス嘘ゴージャスみたいなものだけど、客に出す突き出しの皿に河童の絵、というような落とし穴まで用意してある。挙句オーナーが店で履くスリッパはサンリオ風の猫の絵で、「ＭＡＴＡＢＩ　ＣＬＵＢ」と書かれたワッペンが縫い付けられている。靴を毎日磨く意味が分からないし、「ふわふわして足疲れへん」というだけの理由でそれを選ぶ彼は、ちょっと神がかっているようにさえ思える。

トイレマジックリンを吹きかけ、ブラシでこする。ここにも彼独自のルールがある。マジックリンの吹きつけは二回まで、というものだ。理由は「もったいないやろ」。それはそうだけど、とてもシンプルだけど、ならどうして暖房をつけっぱなしで眠り、挙句そのまま帰ったりするのだ。一度バレないだろうと思って三回吹き付けたことがあった。そしたら店内にいたオーナーが、

「おいチーフ、今シュウ三回やったやろ?」

と言った。恐ろしくて、私はそれからそのルールを律儀に守っている。

ふと見ると、消臭力の液体が、カラカラに干からびている。もう絶対に「力」は無さそうだ。捨てようかどうしようか迷ったけど、オーナーのことだ、何を言うか分からないので、そのままにしておいた。綺麗にするのが馬鹿らしくなったので、適当に床を磨いて、洗面台に移る。ハンドソープはもちろん市販の「キレイキレイ」のボト

ルのまま。中身だけを入れ替え、水で薄めて使っている。ムードもクソもあったものじゃない。おざなりに造花が飾られているけど、ホコリをかぶって無残だ。入店してからこの花の掃除をずーっとしたことがないけど、オーナーに怒られたことは一度もない。

顔を上げると、自分と目が合った。

鏡だけは、いつも綺麗に磨けとうるさくいわれる。毎日ガラスワイパーで磨き、乾いた布で指紋や繊維の跡を丁寧に消す。オーナーがうるさく言うからだけど、私は鏡を磨くのが一番好きだ。ゆっくり、丁寧に磨くことで、鏡の中の自分も少しずつ綺麗になっていく気がする。そして落ち込んでいた気持ちを思い出すと、阿呆のように、鏡に向かって、

「私たちは、別れたわけではない。」

と言うのだ。心の中で、ときには、声に出して。耳ざとく聞きつけた店の女の子が、

「えぇ？　チーフ、なんてー。」

なんて言うときもあるけど、それは何があっても絶対に聞こえないフリをしている。そのときだけは、誰にも返事をしたくない。私は鏡の中の私に向かってそれを言い、

そして、ずっとずっと遠くにいるマメに言っているのだ。一点の曇りもない鏡は、そのまま私の心のようだと思いたいし、私とマメの関係だと思いたい。だから私は、うんとうんと丁寧に、鏡を磨く。

手拭き用のおしぼりを補充して、トイレをざっと見回す。そして最後にもう一度鏡を見て終わり。扉を開けると、百円ショップで売っている安っぽい木の「といれっと」札が揺れる。それを見るとまたイライラして、綺麗になったかどうかなんてどうでもええやんけ、と思う。このクソセンス。

店内の掃除はしない。客があまりに来ないときなど、手持ち無沙汰になってソファの脚なんかをごしごし磨いたりするけど、基本的には何もしない。オーナーがこのあたりを仕切っている組の人にお金を払って、掃除をしてもらいに来ているのだ。ショバ代というやつだ。昔はおしぼりをとることがその代わりだったみたいだけど、今は昼間やってくるお掃除おばさんがそれだ。本当はトイレも掃除済みなのだけど、時給千四百円に見合う仕事として、一応私が毎日することになっている。たまにフロアに白髪が落ちているのを発見することがある。お掃除おばさんがお年寄りなのだろうということと、オーナーに「かんだのオバア」と呼ばれていることしか知らない。どうして「かんだのオバア」という名前なのだと聞いたことがあったけど、オーナーは私の質問を綺麗にシカトして、こんな話を始めた。

「この前な、かんだのオバアに起こされたんや、店でな。ぶふっ。キヨシ、キヨシ、言いよるからな、なんで俺の名前知ってんねや！　と思ててんけど、あれな、ぶふふっぶふうっ。よう聞いたらぶふっ、〝起きよし〟言うてんねん！　おもろいやろい？」

鼻水を垂らして笑っている人に至近距離で「おもろいやろい？」と言われたときのプレッシャーは、今まで感じたことがないほど強かった。私は全力を傾けて笑い顔を作って、

「オーナー、キヨシ、て言うんですね。」

と言ったけど、それもまたシカトされ、オーナーは雑巾で鼻水を拭った。それを洗うのは私だ。

思い出したら、腹が立ってきた。昨日洗面器につけておいた雑巾を、一枚一枚ゆすぐ。入れたときはお湯だったけど、一日経てば冷たい冷たい水になっている。早く夏が来ればいいのに、と思う。そうすればマメは休暇を取って帰ってくると言っていた。あと半年以上も待たないといけないと思うと、ぞっとして、叫びだしたくなる。もう

少しで声を出しそうなとき、入り口の扉が開く。ママが来るのだ。ママといっても、店のオーナーはキヨシだから、雇われママだ。オーナーとデキているわけではない。それどころか、ママはオーナーのことを異様に怖がっていて、見ているこちらが歯がゆくなるほどペコペコ、へいこらする。噂だけど、一度ママがやめたいと言ったら、「ミナミで歩かれへんようにしたるぞい。いや、日本で暮らされへんようにしたるぞうい。」

そう脅されていたと聞いた。嘘っぽい話だけど、本当だったら怖いし、そしてあのオーナーなら言いかねないと思った。お前のどこにそんな権力があるんだと、私なら言ってやりたいとこだけど、ママは水商売の人にあるまじき、というほど気弱で、いつもびくびくしているのだ。

「チーフ、おはよう……。」

この最後の「……」は、私の想像だ。でも、ママが話すといつも「……」がついている気がする。もごもごと口の中で何かを言い、切れの悪いおしっこみたいに、続きがあるような予感を残す。おまけに声がものすごく小さいから、必死で耳を傾けると、もうママはどこかに行っている。顔は日本人形のようなうりざね顔、なかなかの美人だけど、髪型がそれこそ日本人形そのまんまだ。笑わそうとしているのだろうか。髪質も、前髪の多さも、見ていないときに少しずつ伸びていそうな感じも、そっくり。この人とだけは、心から腹を割って飲んでみたい。どうして、この世界に入ったのか、そしてこの店なのか、ママになったのか、ものすごく、ものすごく聞きたい。

「寒いですねぇ。」

「……（何か言っている）。」

ママとふたりになると、店の中に「シーン」という効果音が浮かぶ気がする。だから私はいつもより大きな声で話しかける。もしかしたら仲良くなれるかもしれない、という期待もこめているけど、ママの返事が聞こえたためしは無いし、私の目をちゃんと見たことだって、数えるほどしかない。あるとき、振り向いたら真後ろにママが立っていたことがあって、私は腰を抜かしてしまった。何故か分からないけど、「怨」という文字が目の前をちらついた。

ママはもそもそと着替えを始める。たまに見えるブラジャーが赤だったりするから、もう訳がわからなくなる。

ちりりん、と音がして、女の子が続々とやってきた。

「おはようございまあす。」

「……(たぶんおはようと言っている)。」

「あー、チーフおはよー。」

「おはようございます。」

「何、泣いたん？　目ぇ腫れてない？」

どきりとした。昨日も今日も泣いた覚えはないけど、もしかしたら寝ているとき、知らないうちに泣いていたのかもしれない。それともここ半年の連日の号泣のせいで、泣き顔が顔に張り付いてしまったのか。

「寝不足なんです、きっと。」

「あんた、アッチがんばりすぎなんちゃうのぉ？　ひひひ。」

シモネタ大好きの千里さんは、沖縄出身の自称二十七歳だ。十六で大阪に出てきて、ずっとこの世界にいる。とても太っていて、二の腕が太もものようだ。でも彫りの深い顔立ちとその明るい性格で、店でもなかなかの人気。特に一度シモネタを話し出すと止まらず、脂ぎった中年の親爺が最後には赤面してしまうほどの腕の持ち主。いい具合に酔うと「マ○コ」を連発する。ただ単に急に叫ぶ、という荒業もあれば、「何やのあんた、マ○コみたいな顔して」「それ、あれやなぁマ○コみたいな話やなぁ」などと、言葉の中にさりげなく盛り込む、という技もある。時々気まぐれに着物を着てくるのだけど、水車みたいなマークが染め付けられている模様は、千里さんが着るとどうしてもあのマークに見える。意識して着ているのではないか、と思うときもあるけど、聞くと面倒くさいので黙っている。

チイコちゃんは店で一番若い、二十二歳の女の子だ。美容専門学校に行っていたけど、最近やめて、この仕事だけで生活するようになった。顔の真ん丸いルーシー・リューという感じ。ルーシー・リューからあのシャープな感じを取ると、だいぶギリギリなので、チイコちゃんはつまり可愛くない。でも、スタイルがものすごく良く、足などもすらりとしている。そのギャップがいいのか、若さがいいのか、店ではナンバーワン人気だ。チイコちゃんはオーナーのことを毛嫌いしていて、「ストッキングはベージュが一番」と言い張るオーナーの意見を、頑なに拒んで、ずっと黒のレースを穿き続けている。店の中では、まだ、話が出来るほうだ。例えば店の他の女の子のように「アフロ」を「くるくるパーマ」、もっとひどいのは「ボンバヘッド」などと言わないとか、前髪を昆虫の触角のようにカールさせないとか、その程度だけど。そして、口癖が「しんど」というのも、なんとなく私には分かる。この店は、本当に「しんどい」のだ。

「しんどい」ことに、オーナーと共に一役買っているのが、響さんだ。この店で一番年長者、三十三歳だけど、私はもっといってると思う。店の人は皆本名を使っているけど、響さんは昔ながらの源氏名、響というウイスキーから名前を取ったと言っていた。「店で一番高級な酒の名前を付けた」と言うその理由も古臭いし、響が一番高級だった時代も、きっと随分昔だ。だから私は三十三をとうに超えていると踏んでいるのだ。とにかく、やることなすこと古臭い。八〇年代的古さ、といおうか、かっこいい人のことをいまだに「イイ男」と言うし、「私のコレが」などと言いながら親指を立てるし、客に尾崎豊を歌わして涙ぐんだりする。趣味がホームパーティーというのも、期待を裏切らない。「なーんちゃって、おほほほほっ!」などと言いながら手を口の端に添える、焦ったときは、「タラー」と言いながら指で汗を表現し、他に、「しれーっ」「すわっ」「にんにん」などを平気で口にする。客がジジイばっかりだからいいけど、この人は絶対、絶対に普通の社会で友達が出来ないと思う。

そんな響さんを笑い、馬鹿にしているのがまみさんだ。自称三十。むちむちした体にヒョウ柄やゼブラ柄の服を好んで着る。店の中では一番のエロ系だ。胸をはだけるのも忘れないし、ガーターベルトをチラ見せしたりする。自己紹介のときに「しんじつ、と書いてまみでぇす」と言うけど、私が会った中で一番の嘘つきだ。「インフルエンザで」休んだ翌日、店に真っ黒に日焼けして来たことがあるし、親兄弟一族郎党足しても勘定が合わないくらい、休む度に身内が死んでいる。電話口で泣き声を出すのも忘れない。客を手のひらで転がすのも、店で一番うまく、客のことを「殿」、自分のことを「姫」と言う。

レギュラーはママと、この四人。あとは登録バイトの一日ホステスさんが来る。週に二度ほどの固定バイトの若い女の子も何人かいるけど、皆すぐにやめてしまう。だから名前を覚えきれない。可愛くて、話が出来そうだと思えば思うほど、その子は一日でやめてしまったりする。それはそうだろう。こんな店だもの。

「おっはー。」

オーナーがやってきた。最初の挨拶で、もう萎《な》える。

「よっしゃぁ、みんな今日もがんばれよい。」

そして「サーディン」は開店し、私はお盆を抱え、入り口でずっと立ち続ける。最

# 初のクソ客が来るまで。

# 五

『祭りに来ている。人々がやぐらを囲んで盆踊りを踊り、たくさんの露天商が声を張り上げている。幾分気分が高揚したので、どれ金魚すくいでもしてみるかと、目についた露店を覗くと、三十センチほどの大きさの金魚が五匹ほどしか泳いでいない。まるで鯉だ。「ごっつすぎひんか?」と親爺に言うと、「いけるいける、すくう網もスペシャルサイズや」と言う。それならと金を払うと、親爺が出してきたのは普通サイズの網だった。「さっきと話が違う」と言うと、「文句があるならせんでええ!」と怒鳴る。腹が立ったからでたらめに網をぼちゃりと付けると、金魚がすうと近づいて来て、網の上に乗った。やった! そのまま持ち上げてもおとなしくしているので、バケツ大の容器に入れた。網は破けていない。「ふふん」俺はほくそ笑み、容器の中を見た。すると、普通サイズの金魚に戻っている。つまらないので親爺に返した。親爺は俺から網を受け取るとき、「一度手放したもんは、返せへんからなっ!」と、また怒鳴った。

俺はしゅんとしながら、来た道を引き返した。』

タイムカードを押すとき、背中に誰かぶつかった。振り返ると、若い男がへこ、と頭を下げた。頭を下げるだけましだが、また暗い奴が入ってきた、とげんなりした。前髪は鼻の頭ぐらいまであり、脂で七色に汚れた眼鏡をしている。新入りか、と聞くのも面倒なので、俺は無言でロッカーに向かい、自分の扉を開けた。

手早く作業着に着替えていると、そいつはのそー、とやってきて、隣のロッカーを開けた。これだけ近くにいて話しかけないのも妙だと思い、くやしいが一声かけた。

「新入りか？」

男はもう一度へこ、と頭を下げ、

「昨日から、です。」

と言った。あまりに小さい声にイライラした。

「名前は？」

「お、お、お、お小山内です。」

年は、と聞こうかと思ったが、聞くだけ無駄だと思いやめた。この手のタイプは一週間もいない。体はひょろひょろと細く、男か女か分からない服を着ている。歯切れの悪いしゃべり方をし、肉体労働は苦手。この仕事を楽なものだと思って働き始めるのだが、元々堪えることが出来ないので、すぐにやめてしまうのだ。

工場に向かうと、日雇いのガキ共が説明を受けている。ぞろぞろと、数だけ多い。女も数人いるが、何の仕事をしに来たのだ、と言いたくなるようなびらびらとだらしのない服を着ている。

この工場では、百円ショップやコンビニに卸す、大小ふたつの懐中電灯がセットになった『ライト兄弟』や、夜、明かりを消してもベッドまでたどり着ける『足元照らしまっせ！』などの部品の組み立て、梱包をしている。別段体力を使う仕事ではないし、単純作業ということもあって、皆軽い気持ちで仕事を始めるが、たいがいの人間は昼までに音をあげる。ボス止め、と呼ばれる、商品のパッケージを大きなホッチキスで止めるというのが奴らの仕事だが、どんな奴でも、最初は余裕ぶる。それはそうだろう。きっちり四ヶ所、ぱちんぱちんとやっていればいいわけだから。隣の奴と話をしながらだったり、女に声をかけたりする奴までいるが、しかし、この作業は、延々と続く。何万回もぱちん、ぱちん、とやっていれば、いい加減頭がおかしくなるのだ。昼をすぎたあたりから、作業場で話す者は誰一人としていなくなる。皆賽の河原の子供のように、呆けた顔でぱちんぱちんとやっている。俺はそれを見るのが好きだ。ざまあみろ、という気持ちと、それみたことか、という気持ちがない交ぜになり、なんとも言えず爽快な気分になるのだ。たまに気まぐれに出来上がった製品を手に取ると、四ヶ所でいい、というのに、訳の分からない箇所に針が食い込んでいたりして、奴らのギリギリの精神状態が見て取れる。それを作業台に放り投げ、

「やり直し。」

と言ったときの、おびえた顔を見るのが、またたまらない。

俺はボス止めの他、製品の組み立てと点検、在庫の補充、段ボールつぶしが主な仕事だが、新入りの仕事もそれだ。数週間前まで、沢木という名の爺さんが俺とペアでやっていたのだが、糖尿がひどくなりやめた。代わりに来た俺と同じ年くらいの陰気な男は一日でやめ、次に来た若い、軽薄な男も一週間でやめた。これだけ単純な仕事なのに、こう次々と辞めるのは、俺のせいではないかと工場長は言った。俺の作業速度が速すぎる、と言うのだ。工場にしてみればまったくもって優秀だが、自分の目の

前で、目もくらむ速さで黙々と作業をこなされたら、誰だって焦ってしまい、そして嫌になるだろうと。工場長は、俺の極端に無口なところも、その原因ではないかと言った。ふたりペアでやるのだから、たまには飲みに行ったり、休憩時間に話したりしてはどうか。俺はその提案の全てを断り、たとえ工場長の指摘どおりだったとしても、このやり方を変える気はない、と言った。沢木の爺さんは俺の三分の一しか作業が出来なかったが、六年ほど勤めていたし、俺はそいつらと同じ給料で、工場のためになることをしているのだ。何を文句を言われることがあろうか。今度来た新入りも根性があるとは思わないが、俺は奴に優しくするつもりも、気さくに話しかけるつもりも、一切ない。

というわけで、俺はさっさと作業に入る。昨日から入っているということは、副工場長からやり方は聞いているのだろう、新入りも、のろのろと、まずは段ボールの解体を始める。梱包商品が届くまでは、俺たちの仕事は主にこの段ボール解体だ。ばりばりとガムテープを剝がし、ぱこっぱこっと開いていく。俺の手際の良さたるや、段ボール集め歴ウン十年の乞食のおっさんもかくや、というくらいだ。あのコンビニの、「名札が読まれへん奴」に見せてやりたい。ああやって力任せにばこばこやっていたほうが、かえって時間がかかるのだ。

　ちらりと見ると、新入りが段ボールの山と格闘している。解体された段ボールは三つ、俺が八つバラしている間に、たった三つとは、情けない。みっともなく曇った眼鏡と、へばりついた前髪がモグラのような男だ。そう思って指先を見ると、ぐにゃりと折れ曲がったそれが、モグラのかぎ爪に見えてきた。爪の中に黒いカスが溜まって、まったく不潔だ。工場労働とはいえ、勤労は勤労なのだから、そういうところはしっかりしてほしい、と、俺はいつも思う。仮にも商品に触るのだ、手くらい洗ってもいいではないか。そもそも日雇いのガキ共と一緒に雇っている、日雇いのおっさん共がひどい。その日限りの仕事だから、やり方が雑だし、不潔な奴ばかりだ。何日風呂に入っていないんだ、というような臭いを発している奴もいる。「タダ同然で働いてくれるんだから、我慢してくれ」とは、工場長の談だが、こんな奴らが出入りしているだけで、この工場の品格が落ちていることに気付かないのだろうか。

　今日も奴らは工場の隅で、だらだらとクダを巻いている。俺たちが解体し終わった段ボールを運ぶのが、奴らの仕事だ。量が多いので台車で運ぶのだが、台車にはエルという、エル字型の一般的なものと、ボテと呼ばれる四方に囲いがついたものがある。

エルで運ぶときは腰を曲げなければいけないが、ボテは曲げずとも四方の棒を押せば運べる。なので、このボテを取り合うのが、奴らの最初の仕事だ。

エルは量が多いので、次々と工場に運ばれてくるが、ボテは数がなかなか無い。一目ボテを見たおっさんが、

「ボテやぁ！」

と叫べば、皆恐ろしい表情で走りより、それを奪い合う。そもそもこの「ボテやぁ！」という第一声を発するからこんな騒ぎになるのであって、俺だったらボテに気付いたら座り込んでぐだぐだしているおっさんなどをやり過ごし、こっそり自分のものにするものを、何を考えているのか、「ボテやぁ！」と気付いた者が叫ぶのが、奴らのルールのようなのだ。さて今日もボテがやってきて、みな興奮している。「わしじゃぁっわしのもんじゃぁっ」「いたいいたいいたいいたいいたいいたい」などと、大騒ぎだ。

ふと見ると、新入りがそいつらのことを、口を開けて見ている。俺が新入りをじっと見ると、非難されたと思ったのか、またへこっと頭を下げ、段ボール解体に集中しだした。

「うるさいやろ。」

何故か、話しかけてしまった。新入りの腰があまりに低いので、少し同情してしまったようだ。一週間もいない奴に同情しても仕方がないが、まあ、こんな日もある。

「はあ。」

新入りはせっかくの俺の声がけを、簡単な応答で済まし、またへこへこと作業に戻る。腹が立って作業スピードを速めても、頓着なしに、マイペースにつぶしていく。少しムキになってしまったのか、製品が届く頃には、汗をかいていた。ちょうどいい具合に、五分間の休憩が入る。いつもなら工場の隅に置いてあるやかんから、麦茶を飲むだけなのだが、むしょうにスポーツドリンクが飲みたくなったので、奮発してアクエリアスの三百五十ミリリットルを買った。ごくりと喉を鳴らしてそれを飲むと、ああ、と声が出るくらい美味い。工場の薄い麦茶とは大違いだ。段ボール運びのおっさんたちは、そろそろ退散しようとしていた。今日ボテを勝ち取ったおっさんは、よく駅前で青空カラオケをしている、地球儀のようなハゲのおっさんだった。

製品の組み立ては、俺のもっとも得意とする仕事だ。例えば『ライト兄弟』なら、ひとつ十四秒で組み立てられる。ちらりと新入りを見ると、七つだ。俺が二十三個作っている間に七つとは、不器用な奴だ。これはますます一週間も続かないな、と思っていたら、何か聞こえた。え、と思って耳を澄ますと、新入りが何かをぶつぶつ言っているのだった。何を言っているのかと耳をそちらの方に向けると、

「あ、あ、あせるな、あ、あ、あ、あせるな。」

と言っている。やはりそうか。俺と一緒に作業をすると、俺のあまりの作業スピードに焦ってしまうのだ、無理はない。しかし、こいつは少しドモリが過ぎる。そんな俺たちの関係を心配してか、工場長がやってきた。酒焼けで赤黒く濁った、サイのような顔の男だ。

「小山内君、どないや。あんじょうやっとるか?」

へらへらと優しい言葉をかけるが、新入りはパニックになって、口をもごもご言わすだけだ。いわんこっちゃない、という顔をして、工場長は俺に、

「リーダー、もちっとゆっくりでもええがな、な、時間はまだまだあるんやし。」

と言った。ふたりだけでリーダーというのも馬鹿にしたような話だが、ここ数年工場長は俺のことをリーダーと呼ぶ。いい加減俺の本当の名前を忘れてしまっているのではないかと思うが、毎月の給料袋には俺の名前がしっかり書かれてあるし、まあどうでもいい。

工場長なので無視するわけにもいかず、俺は渋々作業スピードを緩めた。それでも、俺が十八作っている間に、あいつが十、くらいの速度だ。工場長はそれでもその場を立ち去らず、なんだか知らんが、俺らの間のことを何やかやと気遣ってくる。「リーダーは今年四十四なんよ」だとか、「なかなか男気のある男なんよ」だとか、見合いの席かというほど、どうでもいい個人的なことを言う。いい加減イライラしてきたが、黙って聞いていると、

「小山内君は、二十三ゆう若さやのに、もう嫁はんと子供おんのよ。」

と、言った。俺のこめかみの少し後ろあたりが、ピクリと動くのが分かった。新入りは、もぞもぞと作業を続けながら、

「子供ゆうても、腹ん中に、お、お、おるだけです。」

と、申し訳なさそうに言った。それでも工場長は「嫁はんが腹ボテやったら、アレやろ？　アッチの方溜まってんのやろ？」などと、五月蠅《うるさ》くつきまとう。堪忍袋の緒が切れた俺は、がしゃんっと大きな音を立てて『ライト兄弟』を作業台に置いた。工場長は麩菓子《ふがし》のような体をぶるるっと震わせ、媚びるような目をこちらに向けてきたが、構わず俺は言った。

「工場長に対して言葉が過ぎるようではありますが、こう騒がれては、作業速度が格段に落ちます。落ちることを目的としておられるんでしたら成功でしょうが、落ちるだけではない、私は作業と関係のないことを五月蠅く言われると、精神的にストレスを受けます。つまり、作業速度が落ちるだけでなく、『ライト兄弟』の出っ張りと出っ張りを合わせることも出来なくなります。つまりこの工場から不良品が、」

そこまで言うと、工場長は生まれたての雛のようなおびえた顔になり、「怒らせるつもりはなかったんよー」と、両手をひらひらさせながらあとずさりをし、新人に何事か、耳打ちをして去った。

言いたいことを途中までしか言えず、はなはだ腹の虫がおさまらなかったが、あんなにびくびくしている工場長を見たのも初めてだったので、まあよしとしてやるかと、作業を続けていると、新入りが、小さな声で何かを言った。また独り言かと無視しようと思ったが、思い返せば、どうやら「すいません。」と言ったようだった。

「なんですいませんや?」

思わずそう聞いてしまったら、

「う、う、うるさくして。」

と、殊勝なことを言う。そもそも五月蠅かったのは工場長の方で、新入りは子供が腹の中にいるだけだ、という一言を言ったまでだ。

「何も、お前があやまることないやろ。」

そう言ってやると、また、へこ、と頭を下げた。もしかしたらこいつは、結構いい奴なのかもしれない。ふと、そう思った。だからといって、ここですぐ「子供が出来るの楽しみだろう」などと話しかけると、こいつのことをいい奴だと思ったことがバレてしまうし、作業以外のことを言われるとストレスが溜まる、と言っていた俺の話が嘘だということになってしまう。実際そうなのだ。工場長に側に来られ、ああきゃんきゃんやられると、俺の腹の中で何かの温度が急上昇し、それはそのまま熱い鼻息となって漏れ出てしまう。でも、待て。ストレスが溜まるのは、もしかして工場長に対してだけなのではないか。沢木の爺さんも、つまらない話をたまに俺にしかけては来たが、不快ではなかったし、二言三言軽口を叩くことも出来た。よし、少ししゃくだが、話しかけてみよう。

そうは思ったが、いざ話しかけよう、と心に決めると、最初の一言が出てこない。何も考えずにおれば、さっきのようにさらりと出てくるのだが、一度決意というものをすると、それをなかなか実行に移せない。ここはやはり、子供の成長具合を聞くべきか。でも、腹の中にいるということは胎児だ。胎児の成長を聞くというのも変な話だ。嫁のことに関して聞くのは、いかにも下世話で俺の尊厳にかかわるし、出身を聞いたりするのも見合いのようで気恥ずかしい。そうこう考えていると、頭の中が落ち着かなくなってきた。もういい、ここは何も考えずにいこう。

「お前、ど、ドモリだな。」

さりげなく言おうとしたのに、気張って俺がどもってしまった。俺がわざとそんな風にして、新入りをからかっているように聞こえるのではないか。不安になり、

「いや、変な意味やなくて。」

そう付け足したが、ますますおかしい雰囲気になりそうだった。

「はい、そうなんです、ドモリです。」

新入りが俺の焦りに無頓着にこう答えたので、ほっとした。しかし、えらくすんなりと「はい、ドモリです」というのは、なんともおかしい。

「お前、ドモってないやないか。」

「僕、あ、あ、あ行だけどもるんです。」

「あ行だけ?」

「そうです。」

あ行だけどもる奴なんて、俺は聞いたことがなかった。

「なんで。」

「昔は全然どもってなかったんです。でも、中学んとき、迫田いうやつがどもりやったんです。僕らそいつの真似しとって、なんか知らんけど僕、そいつの、あ、あ、行のどもりがお、おもろかったんです。うぇ、うぇ、え、駅！ とか、叫ぶんです、あ、あ行だけ。うぉ、うぉ、お、俺な！ とか。ほんで、そればっかり真似しとったら、僕、あ、あ、行だけ、どもるようになったんです。」

「奇妙な経験やな。」

「そうなんです。言葉の真ん中に入ってるあ、あ行やったら大丈夫なんですけど。」

「ちょうしゅう、とか?」

「はい。でも、言葉の初めのやつは、ダメです。どもるいうか、構えてまうんです、なんか。」

「いのき、が駄目ゆうことか。」

「そうです。」

「意識の問題なんちゃうか。ちょっと、言うてみ、猪木。」

「い、ぅい、猪木。」

「奇妙やな。」

「奇妙なんです。」

「じゃあ、こんなんはどや。アイアイ。全部、あ行。」

「あ、ぅあ、あいあい。」

「奇妙やな。」

気がつけば俺の作業速度は、格段に落ちていた。

# 六

『ウエディングドレスを着て、美術館らしい回廊を歩いている。

そこは緩やかなカーブを描いていて、前から歩いてくる人の影がぐにゃりと長細く見える。等間隔で絵がかけられているけど、どんな絵なのかまでは分からない。今日は式のはずなのに、私は随分と暇だな、と思っている。そもそも誰と式を挙げるのだったかさえ、おぼろげだ。肩まで開いたウエディングドレスは、窓から入ってくる光を反射してキラキラと光っている。とても綺麗だけど、すれ違う人誰も、それを褒《ほ》めてくれようとはしない。気まぐれに扉のひとつを開けると、そこは大学の講堂のようになっていた。教壇には誰もおらず、皆わいわいと騒がしい。見知った顔もちらほらいる。私はやっと安心して、階段を一段一段降りていった。ドレスの裾を踏まないように必死だ。中段ほどに座っていた男の人の隣に腰をおろし、その人の手を取る。その人は私にああ、と声をかけ、そのまま友達とのお喋りを復活させる。ふたつ後ろに

**座っていた知り合いが、「あの人と結婚するんとちゃうよなぁ」と、誰かに耳打ちするのが聞こえた。私は、間違えた、そう思って、恥ずかしさのあまりその場を動けずにいる。』**

目が覚めると、思わず手を伸ばしてしまう。半年も経つのに、まだ。手を伸ばした先がしんと冷えていることに気付いて、泣きそうになる癖も、まだまだ抜けない。時計を見ると、夕方の五時だった。最近、いつも起きるのはこの時間だ。そして、頭の中で計算する。ニューヨークは、まだ夜中の三時だ。マメは何をしているのだろうか。日本にいたときは、明け方まで起きて作業をするのが日課だったけど、ニューヨークの寒さは、半端じゃないと言っていた。

「キッチンに置いてたパンが凍ってたときあんねんで。」

この前かけてくれた電話で、そう言っていたけど、マメは台所のことを、キッチンなんて言わなかった。とても小さなことだけど、そういうことが、私をとても落ち込ませる。

もう、一ヶ月ほど電話が無い。私からかけても、いつも留守だ。呼び出しのコールをするだけで通話料を取られるのが、腹が立つ。

「いっせーの、」

やっぱり、最後の一言が出てこない。こう寒くては、何もする気が起きない。そして、私はとても疲れているのだ。

昨日は、店でまたひと波乱あった。

上客の橋口さんが、まみさんが他の客といちゃついているのを見て怒って、その客に喧嘩を売ったのだ。橋口さんは、ゴリラを不器用にした感じの人間だ。不器用を通り越して、愚鈍だといっていい。なんとなく頭が悪そうだし、「おどりゃぁ、何さらすうううっ」というその怒り方も、なんかぱっとしない。どんな仕事が出来るんだというくらい人相が悪く、脳みそが筋肉で出来ていそうな人だ。いつもは、くうちゃくうちゃ話して、何を言ってるのか分からないなりに、まあ気風《きっぷ》が良くていい人なんだけど、ことまみさんに関しては、誰にも負けないくらいタチが悪くなるのだ。いつも、まみさんはずっと橋口さんの席についているのだけど、もちろん他にもまみさんを指名する人はいる。でも、大抵橋口さんのひと睨みで、その人は黙ってしまう。まみさんにしたら、いい営業妨害だ。トイレに行くときに、橋口さんの目を盗み、そういう客に耳打ちをしていくのが、まみさんの対処法になっていたのだけど、昨日は、酔った客が耳打ちしたまみさんを、そのまま膝の上に乗せてしまった。店中の人が、「あちゃあ」という顔をした。

キレた橋口さんは、相当タチが悪い。昨日はいつもより、しこたまお酒を飲んでいたし、なおさらだ（橋口さんは普通の水割りグラスだと、一口で飲んでしまうので、自らジョッキを持参するくらいの酒豪だ）。ツバを撒き散らすわグラスは割るわ、挙句椅子を持ち上げるわの大騒ぎ。びびった客はカバンを置いて逃げ帰ってしまった。橋口さんがキレると、怒られた客は百パーセント逃げる。タガが外れたゴリラのような人間に、何をされるか分かったものではない。そうして客が逃げた後が、橋口さんの本当の見せ場だ。急に、ハッと、我に返ったような顔をする。そして大げさに頭を抱え、床に膝をつく。初めて来た客は呆気に取られているけど、私たちは慣れたものだ。橋口さんがそれをやりだすと、女の子は皆それぞれの持ち場に帰り、私は割れたグラスをさっさと片付け、オーナーは鼻くそなんてほじりながら、帰った客にフォローの電話を入れる。

「オレは、オレはぁ、マミが好きぃなだけなんだよーうっ！」

そう言って、橋口さんはオイオイと泣き崩れる。普段自分のことを「わし」と言い、「でんがなまんがな」の大阪弁の癖に、急に「オレ」、そして変な東京弁、という、芝居がかったそれを始め、床をどんどんと叩く。まみさんに慰めてもらうのを、待っているのだ。店中誰よりも、迷惑そうな顔でそれを見ているのが、まみさんだ。それはそうだ。三日に上げず店に来られて、延々まみさんの客を脅し続け、ちょっとイチャつかれたら、この体たらく。

「あのゴリラはなぁ、こういう店のルール分かってへんねや、ほんま、ムカつくわっ！」

まみさんはいつも、橋口さんのことをこう言う。そんなに嫌なら、もう来ないで、とかなんとか言えばいいのだけど、それはオーナー・キヨシが許さない。何せ橋口さんは、超、のつく金払いの良さなのだ。あまりに豪快な飲みっぷりで、女の子ががんばらなくても、ボトルがガンガン空く。それも店では結構高い芋焼酎ばかりだ。嘘ではなく、橋口さんの汗は、ちょっと芋の匂いがすると、まみさんが言っていた。まみさんがビールが飲みたい、と言うと、一本千円の小瓶をガンガン頼む。調子に乗った

オーナーが、ためしに店中の女の子を順繰りに席につかせ、飲みに飲ませまくっても、嫌がるどころか、

「もと持てきさらせーい、じゃじゃ持てきさらせーいっ。」

と、ちょっとした祭り状態。挙句「お腹空いてまへんか?」と、どうでもいい豆のつまみを一皿三千円という法外な値段で出しても、やっぱり、

「もと持てきさらせーい、じゃじゃ持てきさらせーいっ。」

おかげでこのフレーズは、長く私の耳に残ることになった。自転車を漕ぐリズムと、ちょうど合うのだ。「もと、持て、きさら、せーい、じゃじゃ、持て、きさら、せーい」

オーナーが、まみさんに「ほれ」という顔をすると、まみさんは舌打ちせんばかりの嫌な顔で、橋口さんの肩に手をかける。橋口さんは、子犬のような目をまみさんに向け、慰めの言葉を待っている。

「トノ、ゴメンナ。ヒメ、トノヒトスジヤネンデ。」

氷のように冷たい棒読みのその台詞《せりふ》を、まみさんは通算二百四十七回口にしていると言っていた。数えているまみさんもすごいけど、昔の人が想像していた未来のロボットみたいなその言葉を、二百四十七回信じている橋口さんは、もっとすごい。そし

て、橋口さんはキラキラと子供のような顔になり、また始めるのだ。いつもより豪快に。

「もと持てきさらせーい、じゃじゃ持てきさらせーいっ。」

昨日の橋口さんのお会計、四十九万五千円也。キヨシの笑いは止らず、その笑いのまま、私はまた、閉店後朝まで飲みに付き合わされたのだ。

「な、チーフ、あれが俺の商売のやりかたよいっ。」

上機嫌でそんな風に言ったような気がするけど、私はグラグラの頭で、「お前の商売いうより、普通にカモが来ただけやろがい」と、そう思っていた。そこからの記憶が、無い。

二日酔い、というやつか、頭がぼんやりする。最近よく、お酒を飲むと記憶を無くす。オーナーに次の日聞いても、「なんや、記憶ないようには見えんやったぞい、しっかりしたもんや」などと言う。記憶がなくなるのは怖いけど、その分、帰り道や、布団にもぐりこむときに、マメのことを思い出さないで済むのは助かる。

体中が、どんよりとだるい。風邪だといいのに。そうだ、電話をして、今日は休みますと言おう。でも、すぐに思い返す。電話口のオーナーの「風邪？　熱何度や？　喉か？　鼻か？　バナナ持っていったろかい」という、あのしつこい口上を聞くくらいなら、重い体をひきずってでも時給を稼いだ方がましだ。まみさんはすごい、オーナーのあの攻撃をかわしているなんて。そう考えてみると、いったい、なんて職場だ。親戚を殺さないと、休めないなんて。

たまに思う。ううん、よく思う。何故、辞めてしまわないんだろう。でも、答えは分かっている。日本に残された私が辛い思いをすればするほど、マメへの気持ちが、とても崇高で、清らかなものになっていく気がするからだ。マメは、遠いアメリカでがんばっているのだから、私も、嫌な仕事くらいこなさなければいけない。マメよりもきっと嫌な仕事をこなしていることを、マメは申し訳なく思ってくれるだろう。日本に残してきた私が、クソのような仕事をマメのためにしているのだ。マメは私のことを、いつも思い出すだろう。

頑張れば頑張るほど、ふたりの関係が、確固たるものになる。私はいつも、そう思っている。そう、この、気が遠くなるほどの、長い距離を越えて。

「せっ。」

思い切って、起き上がった。相変わらず寒い。

歯磨きをすると、歯茎から血が出てきた。なんだか顔色も、悪い気がする。夜の顔になってきたな、そう思った。昔、よくマメと飲みに行ったバーの兄ちゃんが、バー仲間と昼間の野外イベントに行ったら、順番に気を失ったという話をしてくれた。気が付いたら、皆並んで救護室で寝ていたという、それは笑い話だったけど、今では、その気持ちが分かる。私だってお昼、さんさんと降り注ぐ太陽の下で、おおはしゃぎをする自信なんて無い。

下腹が、どんよりと重い。今日は何日だったか考えてみても、頭がまわらない。歯磨きをしたまま便器にしゃがむと、パンツに赤黒い血がついていた。マメがいた頃は、それを見ると、ほっとした。何日に次のが来るか、きっちりとカレンダーに○をつけて、予定日が来ると、ドキドキしながらそれを待った。でも今では、ドキドキすることも、ほっとすることもない。来るのが当然だし、来たら来たで、あの仕事は辛い。

マメがアメリカに行く前に、子供を作ってしまえばよかった。責任感の強いマメのことだ、きっと留学なんてやめて、私と結婚すると言ってくれただろう。マメとは、漠然とだけど、いつか結婚するだろうと思っていた。このまま惰性でずるずると同棲を続けて、子供が出来てしまわない限り、結婚はないというような、そんなふたりではなかったはずだ。だから、出来ちゃった結婚は嫌だった。きちんとプロポーズをしてもらい、式場を予約し、ふたりで選んだウエディングドレスを着て、バージンロードを歩きたかった。

マメはとても真面目だったし、私のことを大切に思ってくれているように見えた。私は私で、将来やりたいことも別段ないものだし、マメがしっかりしてさえくれれば、いつだって結婚しようという気でいた。「けっこんぴあ」や、「ゼクシィ」を机の上に置いておく、みたいなことはしなかったし、左手の薬指を寂しそうに撫でたりするなんてこともしなかったけど、マメはきっと、私の気持ちを分かっていてくれたはずだ。

ある日、ふたりでテレビを見ていて、マメがぽつりと、

「こんな結婚式って、ええよなぁ。」

と、言ったことがあった。それは東欧の賑やかな結婚式だった。カラリと晴れた空の下、深すぎる緑の芝生の上で、皆が盛大に式を祝っている。ホーン隊は賑やかな音楽を奏で、アヒルや犬がそこいら中をうろうろと走り回る。小さな子供たちがテーブルの下で追いかけっこをし、花嫁と花婿が、大いに酔っ払っている。

「ええなぁ!」

私も思わず、大きな声を出した。マメはびくりと体を震わせ、驚いていたけど、それでもまたうっとりと、画面を眺めた。あのときの、なんとも幸せな時間のことを、私は忘れていない。マメもきっと、私との将来を思い描いていたのだ。

そうだ、だから、留学なんて大それたことを考えたのだ。

結婚してしまえば、そうそう簡単に留学なんてことは出来なくなるし、それよりも、一刻も早く一人前になって結婚しようと、そう思っていてくれたのだ。

長く便器に座ったままでいたから、お尻が冷えてきた。そして、しくしくとお腹も痛み出した。でも、マメの気持ちを思うと、じいんと体が熱くなった。

「そうや、うちらは、大丈夫や。」

声に出した。まったく恥ずかしいけど、私は本当に独り言が増えている。

歯磨きを終え、着替えた。

財布の中身を確かめようとかばんを開けると、コンビニの袋が入っていた。こんなものを入れたかな、と不審に思って取り出すと、中にはカロリーメイト、サバの缶詰、水、チョコレート、懐中電灯が入っていた。ますます不審に思って袋をもう一度見ると、マジックで大きく「防災グッズ」と書いてある。この、マジックなのに毛筆の様な書き方は、オーナーだ。思い出した。昨日酔っ払ったオーナーが、近々南海大地震が来て、大阪は津波でやられるというような話をしていた。平地や田舎は軒並み水の底に沈むけど、確かミナミは大丈夫や！　みたいなことを言っていたような気がする。また、まったくもって根拠のない話だ。大方理由は「ミナミはビルがようさんあるやろがい」とかなんとかだろう。聞き流している私を「のん気！」とオーナーは叱り、帰りに無理やりコンビニで「防災グッズ」の準備をさせられたのだ。挙句、会計は私もちだ。コンビニで買える防災グッズで生き残れるかよ、そう言いたかったけど、言えなかった。

見ていると、腹が立ってきた。どうしてあいつは、ああ人の表情を読めないのか、気持ちを慮《おもんぱか》れないのか。自分の言うことが百パーセント正しいと、どこをどうとったら思えるのか。

懐中電灯を手にした。大きいのと小さいのがふたつ入っていて、『ライト兄弟』。なんだ、このネーミングセンス。見ていると、オーナーがそれを命名したような気分になり、ますます腹が立った。私は懐中電灯を袋に戻し、それをそのままゴミ箱に捨てた。

立ってしまった腹を抑えるため、コーヒーを飲んだ。少し落ち着いて髪を梳《と》かしていると、窓の下から声が聞こえる。

「こりゃあ、ポッポちゃんっ。」

時計を見ると、六時を少し回ったところだった。今日は随分と早い。窓を開けると、タッチさんがマメ柴の頭を撫でていた。

「タッチさん、おはようございます。」

声をかけると、私の方を向く。目の周りが真っ黒だ。大量のマスカラと、何か分からない化粧品。鼻筋は「キッス」の誰かみたいにくっきりと縁取られ、赤黒い口紅は「キッス」の誰かみたいにべったりと唇をはみだし、ちぢれた髪の毛はすっかりパサパサと乾いて、まるで「キッス」の誰かみたいだ。

「おはようさん。」

「早いですね、今日。」

「せやねん、最近えらい寒いから夜遅うは人来はれへんねん。日ぃ暮れんの早なったさかい、あたし立っとっても子供怖がれへんねんよっ！　きゃはっ。」

そう言って、ウィンクをしてくる。そういえば私はタッチさんに会って、世の中にウィンクというものがあったなぁ、ということを思い出したのだ。初めて会ったのは、このアパートに越してきて、一週間ほど経った頃だった。マメと久しぶりに遅くまで飲んで、家に帰ってみると、女の人が一人立っていた。自動販売機の青い光に照らされたその人は、遠くからでも分かる、派手な赤い革のジャンパーを着て、ぴちぴちのミニスカート、筋肉質の足でこつこつと地面を叩き、どう見ても素人ではなかった。そして近くに行くと、もちろん素人ではなく、玄人どころか、べったりと化粧をした「おじさん」だった。私たちがびっくりしていると、その人はふん、という感じでそっぽを向いていたけど、何度か会ってるうち、だんだん話すようになった。近くに住んでいるマメ柴のポッポちゃん（タッチさんが勝手にそう呼んでいる）が脱走してきたのを、よしよしと撫でていることが多く、そんなときのタッチさんはおじさんというより、お母さんのように見える。ちなみにどうしてタッチさんというかというと、「初恋の人の名前が上杉達也だったから」だそうだ。アニメ「タッチ」が始まるのはきっと、タッチさんの初恋より随分、随分、随分後のことだろうけど、そんなことは関係ない。

いつものように、マフラーをぐるぐる巻きにして下に下りると、タッチさんの手から、ちょうどポッポちゃんが逃れたところだった。ポッポちゃんはぶるぶると体を振って、何事もなかったように家に帰っていった。気まぐれな犬なのだ。

「出勤?」

「そうです。タッチさん、朝まで?」

「そやねぇ、客来んかったら、朝までやわぁ。……あ?」

タッチさんが、くんくんと鼻を利かせている。マズイ、と思ったけど、遅かった。

「何あんた、生理? 生理やろ? ちょっと、やめてよっ、あたしに対するあてつけっ?」

タッチさんは、怖くなるぐらい鼻が利く。きっとポッポちゃんよりすごい。そして何故か、私が生理だったら、途端にカリカリと怒り出す。

「すいません……。」

私は慌てて自転車に鍵を差し、その場を離れた。タッチさんはじとー、と蛇のような目で私を見ている。本当に怒りどころが分からない。そういえば一度、マメのことを誘ったことがあって、そのときは私が怒った。マメに変なこと言わないで、と詰め

寄ると、

「ええやないのう、あたし、生理もないんやし、子供も産まれへんのやからあっ。」

と、意味の分からない言い訳をしてきた。女の人になりたくて仕方がない、オカマのおっさんの立ちんぼ。ステージ上の「キッス」よりも、路上のタッチさんの方がよっぽど過激だし切実だと、いつかマメが言っていた。

自転車を漕ぎ出すと、タッチさんが、

「いってらっしゃぁーい！」

と、手を振る。匂いがしなくなると、途端に元に戻るのだ。

「行ってきますっ！」

そういえばタッチさんに、おかえりと言われることはあっても、いってらっしゃい、はなかったな、と思った。マメと一緒に、いつも「おかえり」を言ってもらっていた、あの頃は、もう随分と前のことのように思える。

# 七

今日は、時間がいつもより早く過ぎたような気がする。新入りと話していたからかもしれないと思うと、自己嫌悪に落ち込んだ。ドモリが面白いからといって、少しはしゃぎすぎた気がする。こいつはチョロイ、と、新入りが調子に乗らなければいいが。着替えながら談笑している俺たちのことを、工場長が「ほほえましい」顔で見ていたのもシャクだったが、後半の追い上げで仕事の効率を下げなかったので、俺の尊厳は一応守られた。

前輪の様子がおかしい。降りて見てみると、だいぶ空気が抜けている。「サエキサイクル」で空気を入れようと、少し遠回りをして帰った。家の近くに「堀田スポーツ」という自転車屋もあるが、ここは店の人間に空気入れを頼まなければいけない。空気を入れてもらっている間、何やかやと話しかけられたら面倒なので、俺はいつもサエキサイクルに行く。ここには「空気販売機」なるものがある。ガスメーターのような器械で、チューブが伸びている。その先を自転車の空気穴に差し、一回三十円を入れると、自動的に空気が入るのだ。店先にあるので、誰とも話さずにそれをすることが出来る。空気に三十円、というのも馬鹿らしい話だが、無料で苦痛な時間を味わうより、三十円の自由な時間を、俺は選ぶ。

空気を入れている間、ふと見上げると、通天閣が見える。少し離れたこの距離で見るのは新鮮な気がする。俺の家からでは近すぎて、何が何やら分からない。「日立」のネオンが、赤く光っている。あの光が灯ると、ああそろそろ出勤せな、思うねん。と、いつかどこかの水商売の女が言っていた。今この瞬間も、あの光を見て、たくさんの水商売の人間が、重い腰を上げているのだろう。

ふと思い出して、「大将」に寄ってみようと思った。顔を覚えられるので行きたくないことは行きたくないが、昨日見たあのどろどろのオカマの顔でも拝んでやろうかと思ったのだ。あれはどう見ても出勤前だった。来ているかどうか分からないが、通天閣の明りが灯る頃の、水商売の連中の憂いの顔を見てやろうと思ったのだ。

それだけだ。

「いらっさい！」

親爺の声を聞き流し、俺はカウンターに座った。オカマも、胡散臭《うさんくさ》い男もいないようだ。まあ、仕方が無い。

「いらっしゃいませ。」

俺の前におしぼりと水が置かれる。見なくても分かる、このなまっちろい手は、あの女だ。「いつものですね」などとまた言われたらたまらないので、早く言ってやろうと思ったが、塩やきそばの大盛りにするか、普通盛りにするか迷った。すると、

「いつもの、でいいですか？」

女がそう聞いてきた。くそ、まただ。ちらりと見ると、女は細い目をますます細くして笑っている。昨日のように鼻の頭に汗をかいており、それが丸く光っている。目を逸らし、

「大盛りで。」

そう言うと、はあい、などと軽い調子で注文を通す。暑くはなかったが、あの女のだらしない汗を見ていると暑い気がしてきた。俺はおしぼりでごしごしと顔をこすり、水を一息で飲み干した。それに気付いたのか、女がすかさず水を注ぐ。

「ここ、暑いでしょう？　火ぃ近いから。」

注がれた水をまた一息で飲み干すと、「いらっさい」の親爺が、

「自分暑いんは、火ぃのせいだけとちゃうやろが。」

と、からかったような口調で言ってきた。空いたグラスにまた水を注ぎ、女は太めの体をぶるぶると揺らしてみせた。

「何言うてんのよ、大将！　もう、嫌やわぁ。」

水を飲み干すのは、三杯目だ。あの親爺、何を言ってやがる。いらっしゃいもろくに言えないくせしやがって。これで塩やきそばがまずければ、こんな店、絶対に来ないのに。

「気にせんとってくださいね。」

女が四杯目を注ぎ、小さな声でそう言った。それも飲み干したかったが、ぐっとこらえ、とりあえず返事をしようと思った。

「いいい、いや、気にしてないれす。」

しまった！　新入りのドモリがうつったようだ。挙句、「れす」とは！

やはり四杯目を飲み干し、俺はポケットにねじこんである「サエキサイクル」のチ

ラシを引っ張り出した。これを読んでいるから、邪魔しないでくれ、というポーズだ。気付いてくれればいいが。ちらりと見ると、女は新しく入ってきた客に、水を運んでいるところだった。俺のグラスは空なのに、だ。しかも親爺が今にも塩やきそばを完成させようとしているのに、悠長にオーダーを取っている。出来上がった塩やきそばを、親爺がカウンター越しに俺に差し出す。気付かない振りをしていると、

「大将、大将。塩やきそば大盛り。」

と声をかけてくる。大将はお前だろうが、そう思いながら、もう一度ちらりと女の方を見て、受け取った。女はだらだらと客と喋りながら、注文をとっている。左手首に黒いゴムをはめており、女が笑う度に、それが揺れた。

「あの子、若いのに、未亡人ですねん。」

親爺が、小声でそう言った。今度こそ俺は、それに気付かない振りをした。

喫茶店に行こうかと思ったが、今日はやめた。一刻も早く、風呂に入りたかった。風呂がないような家ではないが、俺はあのユニットバスというやつが嫌いだ。トイレを使っているときは風呂の存在が目障りだし、風呂を使っているときはトイレが気に

なって仕方が無い。だから俺は洗面は台所の流しで済まし、小便大便はなるべく我慢し、駅やコンビニ、工場で済ますことにしている。特に大便をして便器が汚れると掃除しなければならず、それがシャクなので、深夜でも便意を催すと「名札が読まれへん奴」のコンビニに行く。あいつは職務怠慢だから、「トイレ借りていいですか？」などと聞くと、「そんなん聞かんと勝手に入れ」という顔をする。だから楽だ。俺は自分の家のトイレのように、そこを常用している。

家に戻り、タオルと簡単な着替えだけ持って銭湯に向かった。通天閣の裏側にある、サウナ付の広い銭湯だ。湯船が四つもあり、ここの水風呂が尋常ではなく冷たい。うっかり酔っ払って入ってしまうと、死ぬのではないかと思う。とはいいつつ、洗い場や湯船のいたるところに酔っ払っているようなおっさんがごろごろたむろしている。入るときに「おはようございます」と声をかける。何故だか分からないが、ここのルールのようだ。昔何も言わずに入ったら、サワさんと呼ばれているここの主のようなジジイに「挨拶せい」と怒られた。金を払って銭湯に入るのに、何故挨拶などしなければいけないのか、全く腹が立ったが、それさえ言っておけばうるさいことを言ってこないし、ここは家から一番近い銭湯なので、郷に入れば郷に従え、の精神でそれをこなしている。

サワさんと呼ばれるジジイは、今日も水風呂に入っていた。いつ来ても水風呂とサウナを往復しており、一体こいつは何をしているのかと不安になる。あんまりサウナばかり入っているから、誰からともなくサウナさんと呼ぶようになり、それがなまってサワさんになったと、湯船に浸かっていたオカマが言っていた。「その気があるんか思て誘ったら、殴られそうになったんよう」と、そいつは恨みがましく言っていたが、その気があるどころか、サワさんと呼ばれるジジイが「挨拶せい」以外、この場で言葉を発しているところを、俺は見たことがない。二日に一遍、夏場は毎日ここに来ているが、ずっとだ。サワさんと呼ばれるジジイは、水風呂からいつも睨みを利かし、銭湯内の「挨拶」という秩序を守ることだけに集中している。まるで、あのタクシーの列のジジイだ。自分の定位置を決め、日がな一日そこにい続ける。誰と仲良くするでもなく、誰にも頼まれていない自分の決めた「義務」をまっとうし、ただただ生きている。いや、「生きている」といっていいのだろうか。奴らはただ、「日々をこなしている」だけではないのか。そしてそれは、俺も同じだ。

「生きている」というのは、もっと、血の通ったことだと、俺は思う。こんな風に日々、早く時が過ぎればいい、今日が早く終わればいいと思いながら過ごし、そのくせ明日を心待ちにすることもない。こうやって明日も早く終わり、その次の日も早く終わり、その次の次の日も早く終わればいい、そう思いながら生きるのは、生きているのではなく、こなしているのだ。連綿と続く、死ぬまでの時間を、飲み下すようにやり過ごしているだけだ。

「小山内君は、二十三ゆう若さやのに、もう嫁はんと子供おんのよ。」

新入りに話しかけてみたのは、その言葉も原因かもしれなかった。

俺も、二十三のときには、嫁も、子供もいた。新入りのように腹の中にいたのではない、もう五歳だった。俺の本当の娘ではない。嫁と昔の男との間に出来た子で、嫁はそいつと結婚はしていなかった。

嫁と出逢ったとき、俺は二十歳で、あいつは俺の七つ上だった。背が低く、ぽっちゃりとした体型で、意志の強そうな目と、少し厚めの唇が印象的だった。俺は大学を中退したばかりで、だからといってやりたいことがあったわけではなく、居候していた友人の部屋で日がな一日本を読んだり、友人のカメラを借りて写真を撮ったり、酒を飲んだりして過ごしていた。あいつは近くの弁当屋で働いていた。老夫婦がやっているその弁当屋は別段美味くなかったが、友人の家から一番近いのでよく行っていた。いつからか、弁当が急に美味くなったと思っていたら、あいつが働き出していた。そして毎日のように行く俺に話しかけるようになった。俺はノリ弁とミニざる蕎麦を常食していた。あいつが働き出してから「セット」なるものが出来、買い求めやすくなったのだ。俺が行くと、あいつはいつも、

「あら、いつものん?」

そうなれなれしく聞いてきた。曖昧な返事をしていたが、いつしか俺はあいつの顔を見に行くためだけに弁当屋に通うようになった。

初めて外で会った日は、冬の寒い日だった。待ち合わせ場所に行くと、今にも雪が降り出しそうな空を見上げ、あいつは赤い頬をますます赤くしていた。そして右手に、小さなガキがまとわりついていた。子供がいるなんて知らなかった。でも、騙された、という気はしなかった。弁当屋でこちらに笑いかけてきたときから、なんとなくあいつには母親の匂いがしていた。所帯じみているとか、色気が無いというのではない、むしろその逆で、子供を産んだ後の動物のような凜《りん》とした強さと、性的に成熟してい

る、挑んでくるような女臭さがあった。

「うちの娘。」

あいつはそう言って、尻の後ろに隠れているガキを前に引っ張り出した。ガキは真っ赤な顔で抵抗していた。可愛くなかった。俺の方から名乗ればいいのだが、俺は若く、ガキの扱いというものに、全く慣れていなかった。しかも、小さな女のガキなんてものは、俺の生活に全く関係したことがなかったので、ますます面食らった。

「挨拶しなさい」というあいつと、口をぎゅっと結んで尻から離れようとしないガキのやり取りが、しばらく続いた。あいつは困ったような顔で笑い、俺は笑うことが出来なかった。まったく、どうしていいか分からなかったのだ。

いい加減あいつが途方に暮れてきたそのとき、ふらりと、白いものが落ちてきた。雪だった。ああとうとう降ってきやがったと、少しほっとしたような気持ちで空を見上げると、それはさっきから我慢していたんだというように、後から後から俺たちの上に降ってきた。あいつがそれを見て、ガキを引っ張る手をゆるめた。

「ほら、あんたの名前やで、雪ちゃん!」

ほとんど叫ぶようにそう言うと、ガキが初めて、嬉しそうに笑った。笑うと少しは女に見えた。

「雪や！」

阿呆のように叫ぶガキの声を聞きながら、俺は、雪を見るのは久しぶりだと思っていた。

あの日のことを思い出すと、湯船に浸かっていた体が、またじんと冷えるような気がする。ガキの赤くなった耳、空に伸ばした手、タイツに開いていた小さな穴のどれもが、俺の体をぎゅうと締め付ける。記憶を拭い去るように、顔を乱暴に洗った。じゃばじゃばと何度もやっていると、隣に座っていた親爺が迷惑そうな顔をした。構わなかった。親爺の方が新参者だ。さっき入ってくるとき、例の挨拶をしなかった。サワさんと呼ばれるジジイがちょうどサウナに入っていたから何も言われなかったが、洗い場や湯船にいた皆が、親爺のことを見ていた。

湯船に顔を戻すと、俺の陰茎がゆらゆらと揺れていた。水でふやけ、腐ってしまった何かの種のようだ。

もう何年、使っていないのだろうか。

急にそう思った。

数年前に四十を過ぎ、自分の子供を持つことや、家庭を持つことを、とうにあきらめてしまった。飲み屋の女に誘われたこともある。ポン引きの婆と交渉したこともある。でも、心のどこかで、もうどうでも良いという気持ちが働き、その気持ちで俺のものはいつも使い物にならなくなった。年のせいもあるだろうが、そもそも俺には動物が本来持っている生存本能が欠如している。子供を残したいなどと思ったことが、今まで一度もないのだ。若い頃から、俺は生涯ひとりで生きていくような予感がしていた。最初の結婚をあれだけ反対しておいて、両親は俺に再婚を勧めたが、その気はさらさら無かった。むしろ予想通りの人生がまわってきたと、安心さえした。あいつと一緒に暮らしていたときの方が、俺にとってはまやかしの人生だったのだと思う。あいつ俺には家庭を持つことは無理だったし、ましてや他人のガキと一緒に暮らすことなんて、ほとんど不可能なことだった。

あいつと別れて、やっと俺の人生が始まったのだと思った。これからどんな女と出会っても、絶対にひとりで生きていこう、そう思った。

日本中をまわった。有り金を全部はたいた。体がうずいてどうにもならないときもあったが、女の部屋に泊まることも、女を買うことも絶対にしなかった。ただ俺は行く先々で時計を買い、中の電池を抜いた。時間を刻まない時計は、そのときの俺に、とてもしっくりきた。荷物が増えて、もうどうにもならなくなったとき、大阪に帰ってきた。

なんて温度の高い街だ。そう思った。

俺がまわってきたどこより、うるさく、どぎつく、匂いがした。生きている人間の、匂いがした。

そして俺は、新世界に住もうと決めた。

女がどう頑張っても住み込めない小さな部屋にして、必要最低限の人間以外との接触を絶った。脚気になるなどのトラブルはあったが、その生活は俺には心から快適なものだった。誰からも期待されず、誰にも期待せず、ただ毎日自分が決めたことだけをこなしていく毎日。「生きている」のではなく、「こなす」毎日は、俺にぴったりだった。そして、これからもきっとそうだ。十年経っても、二十年経っても、俺はきっとこうして湯船に浸《つ》かり、腐った自分の陰茎を見ているだろう。

「あの子、若いのに、未亡人ですねん。」

急に、親爺の言葉を思い出した。

俺の頭に、あの太った女が浮かんだ。鼻の頭に浮いた汗と、手首で揺れていた黒いゴム、水を置くときの手のえくぼ。笑ったときの細い目と、「いつものですね」と言う声。

腐った種が、少しだけ動いた気がした。

俺はそれに抗うように、もう一度、乱暴に顔を洗った。くそ、馴れ馴れしくしやがって。

また親爺が迷惑そうな顔をしている。これ以上いたら喧嘩をふっかけてしまいそうだ。俺は湯船を出て、まっすぐ出口に向かった。扉を開けるとき、サワさんと呼ばれるジジイが、ちょうどサウナ室から出てくるところだった。

目が合ったが、俺もジジイも、何も言わなかった。

# 八

「……イ……。」

「え？　なんですか？」

ママが何か、私に話しかけている。でもいつものごとく、それを聞き取ることは出来ない。嫌味にならない程度に耳を近づけてみると、

「……顔、赤くない？　風邪？」

のようなことを言っている。風邪を引きたい、と思っていたら引いてしまったのか。そう言われればやっぱり、熱っぽい気がする。ママなんだから、帰っていいよ、とかそういうことを言ってくれればいいのに、「はあ、そうなんです……」と、急にしんどそうな顔をした私を、シカトしている。くそ、なら聞くなよ。

ママはさっきから、ごそごそと自分の名刺を探している。新規のお客さんが来たのだ。仕立てのいいスーツを着た、金を持っていそうな三人だ。年寄りが一人と、親爺

が一人と、少し若いのが一人。あっち系の人ではなさそうだし、頑張って捕まえれば上客になりそうだと、店中総出で席についている。

「この店は暇そうやなぁ。」

そう親爺が言えば、オーナーが、

「お客さん来はる思て空けといたんですよう。」

とあおる。誰も何も言わないのに業を煮やして、

「……て、お客さん初めてですやん！」

と、突っ込みを入れるのも忘れない。今日はチイコちゃんがお休みの日だ。売れ線のいない「サーディン」は辛い。なかなかのキワモノ揃いだから、それにはまってもらわないと、お客さんは二度と来ない。こういうときに一番張り切るのが、響さんだ。さっきから異様な大声で「響ボケ」をかまし（「当たり前田のびすけっとっ！」「工藤静香れすう」）、誰にも相手にされないと、「ずこっ」と言ってこける真似をしている。目も当てられないとはああいうことを言うのだ。客が怒って帰らないかと、ハラハラしながら見ていると、つまらないことこのうえない、お決まりのハンカチ自慢を始めた。

「これぇ、大丸で買うてん。見てぇ、猫ちゃん柄。わん、わんっ！　あれぇ？」

三人は早々に響さんには見切りをつけているようだ。今は若いのがオーナーと話し、年寄りが千里さんとまみさんと話している。千里さんは興が乗らないのか、いつもの「マ○コ」を言わない。長い髪をいじくって、ふんふんと、話を聞くフリをしている。親爺はまみさんに話しかけているが、まみさんはまみさんで、足がかゆいのか、さっきからかかとばかりを気にしている。それとも屈んで谷間を見せる作戦なのかと思ったけど、今日のまみさんに限って、胸元の開いていないスーツだった。

駄目だ。あの客は、店につかない。

私がそうため息をついていると、案の定、年寄りが席を立った。ほうらお帰りだ、そう思っていたら、オーナーが逃すまじと最終手段を使いやがった。

「お客さん、チーフ、チーフを紹介しますっ！　おおいチーフぅっ！」

まただ。何度こんな風に席に、呼ばれたか。

客がその場に飽きているのに、オーナーや女の子たちは自分のペースを崩さない。そのくせ酒を阿呆のように飲む。水商売の極意も何も、あったものじゃない。いい加減イラついた客が帰ろうとすると、オーナーは私を呼ぶ。少し、ほんの少しでも売り上げを伸ばそうとするのだ。

私はもぞもぞと進まない気持ちで席に着いた。

「来たでぇ、当店ナンバーワンっ！」

「……こんにちは、初めまして……。」

「ナンバーワン、て、チーフじゃないの。」

年寄りはもう、だいぶしらけている。そんなことオーナーはお構いなしだ。

「あれ、ほんまやっ！　もしかしてお前……チーフやろいっ！」

だから、言うてるやんか。

「……はい、そうです……。」

「そうれすっ！」

響さんの合いの手が、現場をますます盛り下げていく。私はさらし者にされたような気分で、耳まで真っ赤になる。

「まあ、座りなさいよ。」

同情してくれたのか、親爺がそう言ってくれた。そんな優しさは、いらないのに。

「良かったなぁ、チーフ！……喉《のど》、渇いてるやろい？」

「……はい。」

自分が世界で指折りの下等な動物になったみたいで、私はますます恥ずかしくなる。

「……ええよ、ほな、何か飲む？」

客がそう言うと、オーナーの目がすかさずぎらりと光る。アレを言え、とその目は言っている。私はうつむいて、ぼつりと言う。これはパターンだ。

「……ビール、いただいて良いですか？」

店のビールは小さなグラスに発泡酒だ。なのに千円する。客にしたらボトルに残っている酒を飲んでくれたらいいものを、言うにことかいてビールとは、あつかましい女だ、と、そんな感じだろう。でも、我慢しなければいけない。これは儀式のようなものなのだ。

「はいっチーフにビール、チーフにビールっ。」

オーナーは変な節回しをつけながら、踊るように厨房に行く。

「ビールにチーフ、ビールにチーフっ。あれえ？」

響さんが隣で合いの手を入れる。殺してやりたい。

持ってこられたそれを、私は一息で飲む。これも決められたことだ。そして、こう言う。

「あのう、もう一杯だけいただいていいですか？」

この店で初めて働いた日、歓迎会と称して、オーナーに飲みに連れて行かれた。うちの店より数倍綺麗な女の人たちがいる店だ。そんな店に行ったのは初めてだったし、寿司なんかも取ってくれたりして、私は随分と感激して、勧められるままにお酒を浴びるほど飲んだ。それがいけなかった。思えばそれは、オーナーが私を「使える」かどうかはかるためのものだったのだ。私のことを「いけるクチ」だと判断したオーナーは、ことある毎にこの「仕事に疲れたチーフが美味しそうにビールを飲み干し、もう一杯おねだりしちゃう」というやり方を強要してきた。

真っ赤になっている私を見て同情したのか、若いのが、

「はは、強いなぁ。」

と付き合ってくれる。年寄りの方はもうヤケクソを決め込んだのか、さっきまでのちょっと高飛車な態度を改め、エロに傾倒しようと、まみさんにおっぱいのサイズを聞きだした。

「おっぱいいくつ？」

「ふたつ。」

客がエロの匂いをさせたことで、千里さんは、急に髪の毛をいじるのをやめ、にやにやと嫌らしい笑いを見せだした。ガラリと態度が変わった千里さんに興味を持ったのか、親爺も身を乗り出す。唯一取り残されているはずの響さんは、世界の一切にお構いなし、相変わらずハンカチ自慢をしたり、ハンカチで猫耳を作り「わんっ。あれえ？」などと繰り返している。

あれ、ママは？　気付いてカウンターの中を見ると、相変わらず名刺を探している。もうかれこれ二十分ほど。どうしてあの人がママなのか、今日は絶対に聞いてみようと思う。

「チーフにビールぅ？　チーフにビールぅ？」

いまやオーナーの節回しは最高潮を迎え、それに伴い私の気分は最下層に向かう。

「ええな、飲んで飲んで。」

若い方があおる。どうせ金を払うのはエロの年寄りか親爺なのだ。見ると、年寄りはまみさんにおっぱいを触らせろ、と始めており、横では千里さんが親爺に「おっぱいが三つある女の話」をしている。

なんだこの店。

すきっ腹に飲んだから、頭が少しクラクラした。

「今日、何時に終わるの？」

誰かにそう聞かれた。見ると、若いのが小さな声でそう言っている。

「はい？」

なるべく大きな声で返事をした。こういう客は面倒くさい。皆に気付いてもらおうと思ったのだけど、オーナーは伝票をごまかそうとカウンター内でしゃがんでいたし、ママは相変わらずの名刺探し、千里さんは「両性具有のオカマの話」に移り、まみさんは年寄りにおっぱいを触らせながらつまみのイカをもりもり食べている。見たくないけど響さんにいたっては、猫耳にしたハンカチを胸に当て、「ぐらびあーっ」と叫んでいて、もう、どうしようもない。

「三時か四時です。」

本当は二時までだけど、そう言った。

「そっか、待ってよかな。」

何言ってんだこいつ。こんな店でナンパしやがって。

「待っててもええ？」

顔を覗き込んでくる。そのとき初めて顔をはっきりと見た。大きすぎる二重と、鼻の下の青い部分が気色悪い。ぽっちゃりと太っていて、水に入れ続けた球根みたいだ。マメ。

そう思った。マメ、あんたがニューヨークなんて訳わからんとこに行ったせいで、私はこんな気色の悪い球根にナンパされている。動物みたいな女に囲まれて、お酒を阿呆のように飲んで、昼の光を忘れて。

マメ。

マメの「おかえり」を聞きたい。マメの「行ってらっしゃい」を聞きたい。

「名前なんて言うの？」

球根が私の膝に手を置く。膝をずらしても、負けずに力をこめてきやがる。年寄りと親爺のエロに触発されやがって、この球根。地中深く埋めて、芽が出ないようにしてやる。そう思っていても、なんだか頭がグラグラして、そして体もぼんやりと熱い。風邪だ。やっぱり風邪だ。今日は休めばよかった。今日は今までのバイトの中で、最悪の日のひとつだ。

「ねえ、名前教えてよ。」

心なしか、吐く息も腐った根の臭いがする。花屋で時々嗅いだ、死んでいく植物の臭いだ。私はそれで、ますます気分が悪くなる。面倒くさい。

マメ。マメのせいだ。私がこんななのは。

「おえええええええっ。」

そのとき、全員が凍りついた。嫌な声だ、聞きなれた、地獄の声。

「おえええええええっ。」

皆でそちらを向いた。カウンターの中で、オーナーがゲロを吐いていた。

客三人はドン引き、まみさんは「またか」という顔でもみくちゃにされたおっぱいの位置を戻し、千里さんは手で男の人のアレの形を作ったままあきれている。響さんは猫耳を分解しているところで、ママはやっと見つかった名刺がゲロまみれになっていることに呆然としている。

急に頭がはっきりした。店中に漂うすっぱい臭いと、オーナーの声に、私は椅子から跳ねるように立ち、トイレに走って雑巾を持ってきた。

「オーナーッ大丈夫ですかっ。」

「……おおぉおお、だいじょうぶふっ。」

吐いたゲロを雑巾で拭き、オーナーを支えて奥の席に行く。オーナーはぐったりとした表情で、私のされるがままにソファに寝転ぶ。

「……大丈夫?」

年寄りが完璧に引いている。当然だろう。さっきまであれだけ元気だったのに、急にゲロ。

「なんか、大変そうだから……、お会計してもらおうかな……?」

三人はのろのろと席を立ち、圧倒的に行動が遅い女の子三人を待たず、自らコートかけからコートを取った。オーナーの手に雑巾を握らせてカウンターに向かうと、ママがタロットカードを出すようにお会計票を差し出しているところだった。

「………ざいます……。」

聞こえない。ちらりと伝票を見ると、目玉が飛び出るほどの金額だった。私が目玉だから、年寄りは心臓だ。ぐうっと息が詰まったような声を出して、

「ちょ、ちょっと。高くない?」

そう言った。またか。

「……ですので……。」

聞こえない。

「え？　何？　聞こえないよっ。」

年寄りはかなりイラついている。後の二人もオロオロと落ち着かず、出口をちらちらと見ている。

「高いよ、高すぎるよ。ちょっと伝票見せてよ。」

「……。」

ママが伝票を出すと、むわあっと嫌な臭いがする。オーナーのゲロがかかっているのだ。当然何を何杯飲んだかなんて、読めない。

これは、オーナーの作戦だ。オーナーが客からこれ以上金は取れず、挙句店にもつかないと判断したら、伝票にゲロを吐く。そして自分は酔いつぶれたフリをして、ばか高い会計をママに任せる。

「ちょっと、ぼったくりやないかっ。あんなブスばっかりつけて、この値段かっ？ちょっとオーナー出せよっ。」

我に返ったのか、親爺がいきまいている。たいがいの客はこの店がどれだけ面倒くさいか、この時点で分かるのでしぶしぶ払い、二度と来ない。でも、まれに食ってかかるこういう客がいると、オーナーはゲロを吐きながら携帯を取り出し、アッチ系の人に電話するふりをする。姑息《こそく》、というより、もう、アッパレだ。

「…………。」

聞こえない。ママが指を差す先で、オーナーは「おえええええっ」を繰り返しながら、いつものフリをしている。

「ああ山守ちゃん、おえええっ、ごめん、ちょっと面倒なことに、おえええええっ。」

まみさんは口の端からイカの足を出し、千里さんは何度も男のアレを手でかたどる、響さんはハンカチをほっかむりにして、「岡っ引きだっ」とやかましい。

「なんだ、この店……。」

親爺がつぶやいた。その気持ち、本当に分かる。

気味悪くなったのか、年寄りがクレジットカードを出した。客の負けだ。一刻も早く帰りたいのだろう。ママがカードを処理しているのさえ待てない、といった風情だ。領収書をもらうのも忘れて、そそくさと店を後にしようとした。こんな店一秒もいたくないだろう。私は恥ずかしさといたたまれなさで、ずっとうつむいていた。

ちりりん、と、扉の鈴が鳴ったとき、ママが口を開いた。ゲロの臭いのする名刺を三枚持っている。まさか、と思って耳を澄ますと、やっぱり言っていた。

「挨拶遅れました。当店のママの……」

頭がぐらりとした。オーナーは客が帰ったと分かるやいなや、

「よいしょうっ。」

と席を立ち、軽くストレッチを始めた。私がのろのろと席の片付けを始めると、

「ああいう面倒な客はこの店に似合わへんやろぃっ。」

と、得意げに言う。誰が面倒て、お前が世界で一番面倒だよ、そう言ってやりたかったけど、もちろん黙ってうなずいておいた。

# 九

『いい天気なので、久しぶりに畑でも耕そうかと思った。外に出ると、村の若衆が、俺の畑の上で何やら相談している。黙って入るのは失礼だろうと、注意をしてやるため近寄ると、俺の顔を見て、さー、と逃げる。腹が立って、鍬《くわ》をでたらめに突き刺し、畑を耕していると、俺の後ろで、動く気配がする。振り向くと、若衆の数人が、俺が耕した畑の土を、また元のように踏み固めている。また腹が立って、鍬を持ち上げ脅すと、へらへらと笑って、逃げる素振りも見せない。俺も、何故かそれはそうだろうと思って、また畑を耕し始めると、今度はたくさんの犬を連れてきて、そこいら中に糞をさせ始めた。腹が立つが、あきらめるしかないのだ、と呟いて、また飽きず畑を耕していると、いつの間にか畑いっぱいにトウモロコシのような作物が出来ている。ほら見ろ、俺の勝ちだとほくそ笑んでいると、若衆は俺の家の中で、女どもと宴会をしている。俺はそれをうらやましいと思いながら、もいだトウモロコシを、生のまま食べ、犬と一緒に糞をする。あの家には、もう二度と入れないだろう。』

いつもより一時間も早く目が覚めた。

ＭＡ１の襟はちゃんとしているし、部屋の寒さもいつも通りだ。昨日寝たのもいつもと同じ時間だし、酒を飲んだわけでもない。部屋を見回すと、いつも通りの部屋だ。出窓には時計が並び、それぞれでたらめな時間を指している。天井の染みは相変わらず不吉で、床には「人間交差点」が転がったまま。

起き上がって伸びをする。体の節々が痛いのも、いつも通り。

いつも通り。

これから一生続く、いつも通りの生活だ。

せっかく早く起きたのだからと、喫茶店のモーニングを食べに行った。朝の七時、開店直後は誰もいないだろうとタカをくくっていたが、意外に混んでいた。

俺がいつも座る席に、婆さんがふたり座っていたので、その後ろに座った。婆さんの背中がすぐ目の前にあるのが不快なので、適当な新聞を持ってこようと思ったが、案の定全て取られていた。仕方なくつまらなそうな雑誌を手にし、水を飲んだ。朝は若主人はいない。そのかわり、体の機能を、顔の皺をこしらえることだけに使っていそうな爺さんがオーダーを取りにくる。

「モーニング。」

「A？　B？」

ふたつあるとは知らなかった。どう違うのか聞くのも面倒なので、Aにしておいた。後からメニューを見ると、Bにはゆで卵がついているだけで五十円高い。Aにしておいて良かった。

ジジイが、震える手でトレイを持ってきた。いつものように、猫が踊っているカップと、味気のない銀の皿に、いい具合に焼き目がついたトーストだ。

「いや、なんかええ匂い。」

前のババァが振り返ってそう言うが、相手にする気はない。無視してミルクを入れていると、あきらめてまた元の会話に戻った。新しく出来た整骨院の話だ。コーヒーを一口飲み、トーストをかじる。トーストなんて食べたのは随分久しぶりだ。口の中の水分を全部持って行かれる感じが、コーヒーと合う。片手で食えるのもいい。俺はコーヒーを飲み、トーストをかじりながら雑誌をぱらぱらとめくった。

俺が手にしたのは、テレビ雑誌だった。軟弱な男が笑っている表紙だ。テレビは見ない。だからこんな雑誌を見ても仕方がないのだが、手にした以上、一通り見てみる。居並ぶ人間の顔を見ていると、今時分どんな男や女がもてはやされるのか、嫌でも分かる。男も女も、とても細い体をしている。特に女は、鎖骨がくっきりと出た奴ばかりだ。俺は、細い女は嫌いだ。屈んだときに見える腰の肉に厚みがあるのがいい。首はどっしりと太くていいし、手にえくぼがあるのも愛嬌がある。それに、太い女は余裕がありそうでいい。細い女より人生経験が豊富なような気がする。

ふと、ここから「大将」は見えるだろうか、と思った。あの女は、何時から出勤してきているのだろう。出勤途中の姿を、偶然見ることは出来まいか。そんな風に思って、腹が立ってきた。どうして俺が、あんな女をこっそり見なくてはいけないのか。やはり、あそこには二度と行くまい。塩やきそばが美味い店など、探せばいくらでもある。

そうだ、あんな店など。そう思いながら、ちらりと窓の外を見た。

驚いた。もうあのジジイがいる。

ジジイはいつものように、胸のはだけた薄汚い格好をして、左腕の袖をぶらぶらと揺らしていた。ガードレールにもたれるそのやり方まで同じだが、唯一違うのは、タクシーの列が無いことだ。こんな朝早くに通天閣に来る客もいないのだろう。ガランと空いた道路に、雑誌や紙コップなどが捨てられている。赤毛の野良犬がうろうろとそこいらの匂いを嗅ぎ、時々思い出したように立ち止まってこちらをじっと見る。トーストの耳を放ってやりたい衝動にかられたが、やはり口に入れてコーヒーで流し込んだ。

ジジイは、ずっと立っている。

タクシーがやって来るのは、きっともっと後だろう。こんな朝早くからあいつが立っているのは知らなかった。どこに住んでいるのか、と思っていたが、家が無いのかもしれない。

時々右手で鼻をかく。カリフラワーのようだと思っていた、ぎとぎとと汚い鼻だ。こちらを見ているような気もするが、ジジイはじっと、道路を見ている。やることがないのだったら、ゴミを拾えばいいのに、と思う。でもジジイは、いつもの仕事以外、絶対にしない。誰に話しかけられても返事を返さないし、金をやろうと言われても、何も言わないだろう。あいつはただ、ああやってタクシーを待っているのだ。この先一生、死ぬまで。

急に、コーヒーがまずくなった。

俺はぬるい水を飲み干して、席を立った。

「おおお、おはようございます。」

駐輪場で新入りに会った。いつもより早い時間に来たので、先にいることに驚いた。

「おう、えらい早いな。」

へこ、と頭を下げ、新入りは黒い、蕎麦屋が出前をするような自転車をとめている。前カゴがでかく、車体の脇に白いペンキで数字が書いてある。どこで買ったのか。

「空気入ってないんちゃうんか。」

どう見ても、後輪に空気が足りない。俺のはち切れんばかりのタイヤと比べると、なんとも情けない。どこから出勤してきたのか知らないが、随分と漕ぎにくかったろうと思う。

「入ってないですか。」

「入ってないですか、て。漕ぎにくないんか。」

「もともとこれ、漕ぎにくいんで、空気のせいちゃうやろ思てました。」

「どこで買うてん、えらい自転車やな。」

「昔バイトしとった蕎麦屋の自転車です。」

やはり。しかし昔のアルバイト先の自転車にまだ乗っているというのは、なんともおかしな話だ。

「もらったのか?」

「い、い、いえ。」

「そうか。」

俺たちはまだ人のいない工場に入った。事務所でタイムカードを押し、ロッカーで作業着に着替える。ちらりと見ると、新入りは時々顔にかかる前髪を払い、眼鏡をずりあげている。どこから見ても、徹底的に冴えない男だ。こんな顔をして盗みまでやってしまうのだから、手に負えない。こいつに嫁と子供がいるなんて、世の中には悪い冗談もあったものだと思う。

「まだ早いな。」

「そうですね。」

「コーヒーでも飲むか。」

「はい。」

くそ、コーヒーはさっき飲んできたばかりなのに。まあいい。缶コーヒーはまた全然味が違うものだ。新入りなのでおごってやろう。カフェオレをふたつ買って、しまった、男だしブラックの方が良かったかと気付いた。でも、恐る恐る渡すと、

「ああ、あ、ああありがとうございます。」

と頭を下げるので、ほっとした。

ぷしゅ、というプルタブを開ける音が響く。新入りがごくりと一口目を飲む音、はあ、と暖かいため息をつく音までが、鮮明に聞こえる。吐いた息は白いモヤになって、中空にいつまでも漂っている。じっと見ていると、それはいつまでも無くならず、白い輪郭を残して、ずっとそこにあり続けるような気がした。

誰もいない朝の工場というのが、こんなに気持ちのいいものだと思わなかった。

エルやボテが、ぽつりと床に影を落としている。おっさんたちが取り合っていると

きは、随分と乱暴な鉄の塊に見えるが、こうやって見ると、主人を待ってがっくりと肩を落としている犬のように見え、愛しくさえある。バイト共が作業をする大きな鉄の台も、物が何も置かれていないと、なんともいえず重厚感があり、神聖な祭壇のようだ。何よりこの、シンという音が聞こえてきそうな、冴えた静けさがいい。

「気持ちいいな。」

思わずそう言ってしまったが、別に構わなかった。

俺たちは世の中にとって、何かとても大切なものを作っているのではないか、とても尊敬されるべき仕事をしているのではないか、そんな気になった。

新入りは遅れてへこ、と頭を下げ、さっきのように音を立ててコーヒーを飲み続けている。飲むたびに飲み口から中を覗いて、それがとても貧乏くさかった。見ていると、ちくりと腹が痛む。何故だろうと考えなくても、すぐに思い出した。

あのガキが、新入りと同じようなやり方をしていたのだった。

土産というほど大したものを買っていってやったことは一度も無い。ただ、寒い冬の日、俺は時々家の近くの自販機でコーンスープを買って帰った。熱いから気をつけろ、そんな風に言って渡すと、ガキは小さな目を見開いて、嬉しそうに笑い、「開けて」と言ってもう一度俺に返した。何度買って帰っても、俺はガキにプルタブを開けてから渡してやったことは無かった。照れくさかったのか、面倒だったのか覚えていないが、それは俺とガキが唯一、親子の真似事のようなものをする時間だった。

ガキは、俺が開けてやったスープを、ふうふうと息を吹きながら飲み、一口飲む度に中を覗き込んでいた。残りを確かめているのか、とうもろこしの粒を探しているのか、とにかくそれをしているときのガキはとてもおとなしく、幸せそうに見えた。台所で料理をしていたあいつが振り返り、「雪ちゃん、火傷《やけど》しなさんな」と言う。ガキはそれに返事をせず、何度も何度も、中を覗き込んでいた。

昨日、銭湯を出るとき、叫ぶ声が聞こえた。

「雪や！」

ガキの声で、そう叫ぶのが聞こえた気がした。俺は慌てて雪駄《せった》を履いて表に出た。でもそこはいつもと変わらない汚い街角で、雪などはくそほども降っておらず、突然人が出てきたことに驚いた野良猫が「ニャア」と大げさな声を出して逃げていっただけだった。

「雪や！」

どうしてだろう。ガキのその声だけが、俺の耳に残っている。あまり話すことのないガキだったが、嫁といるときはよく笑い、何やかやと話していたような気がする。俺に缶を渡すときの「開けて」も、ふう、と缶を吹く声も、確かに聞いていたはずなのに、俺にとってガキの声は、「雪や！」という、あの一言なのだった。

昨日から、昔のことばかり思い出している。

もう年かもしれない。今朝のように意味もなく早起きをしてしまうことが、これからは多くなるだろう。そしていつしか、あのジジイのように、用もないのにガードレールにもたれることになるのかもしれない。

「子供。」

「はい。」

「あと何ヶ月や、その、産まれてくるまで。」

話をしようにも、この話題以外頭に浮かばない。ガキのことを思い出していたからだろうか。でも、このシンと冷えた工場の中で聞くのは、何故か自然なことに思えた。

新入りも、そんなことを聞かれるのを待っていたかのように、素直に答える。

「何ヶ月もありません。今月です。」

「今月？　いつや？」

驚いた。今日はもう二十六日だ。あと四日しかないではないか。煙草を取り出す手をとめ、俺は新入りを見た。

「はい、三十日です。」

「お前、なんでそんなときに転職したんや。」

声が裏返ってしまった。しかし、相手もドモリだから気にするまい。ライターは何度か音を立て、やっと煙草に火をつけた。

「はあ、前の職場クビなったんです。」

「自転車盗んだからか。」

「蕎麦屋ですか？　蕎麦屋はもっと昔の話です。コピー機の部品作る工場おったんですけど、僕、要領悪うて、いいい、いつもヘマしとって。」

ほらドモった。さっきまで調子がいいと思っていたが、なんのことはない、「あ行」を言っていないだけだ。煙草が美味い。

「それでクビか。」

「はい。」

「臨月の嫁さん抱えた奴をか。」

「はい。」

新入りはやはり、いちいち飲み口を覗いている。そうしていると安心するのか、何度も何度も覗く。

「それで、急遽この工場に来たんか。」

「はい。募集出てて、すぐ働きたいて言いました。雇てくれて良かった思てます。僕ほんまに、金ないし。」

「そうか。」

もう、コーヒーを飲み終わってしまった。事務所の方で音がする。事務員や作業員がやってきたのだろう。時計を見たら、八時五分前だ。靴の裏で火を消し、立ち上がった。新入りも同じように立ち上がり、二人伸びをした。腰がきりり、といった。

「もう飲み終わったんか。」

「はい、ごちそうさまでした。」

新入りが飲み終わったそれを空き缶入れに捨てると、空のバケツが、かーん、と鳴る。試合の始まりを告げる、ゴングのようだ。

もう一度煙草が吸いたくなった。唾を飲み込み、新入りに聞いてみた。

「子供は、男か女か。」

新入りは、どうしたわけかまたへこ、と頭を下げて、

「お、お、女や言うてました。」

と言った。

何故か俺は、女だと答えると思っていた。

残っていたコーヒーを飲み干し、真似をして中を覗いてみた。大切な何かや宝物のようなものは当然入っておらず、真っ黒なそれはどこまでも口を開けて、俺をじっと見ていた。

# 十

『部屋の中に大きな犬がいる。つるりと毛のうすい、耳の垂れた犬だ。口をへの字にして、じっと私を見ている。犬は好きなので構わないけど、この部屋の中で飼うには少し大きすぎる。なつくかと思って試しに撫でてみると、への字口のまま、尻尾をぱたぱたと振る。少し嬉しくなって何度も撫でると、「あうあう」と鳴いた。変な鳴き方だと思ったけど、まあこんな犬もいるだろうと、いつもの生活に戻ると、犬は私の後をずっとついてくる。可愛いのは可愛いけど、何せこの部屋の中で大きな奴にうろうろされると面倒なので、しつけようと思った。指を鼻先に持っていって、「おとなしくしていなさい」と言うと、また「あうあう」と鳴く。何度言っても鳴くので、おかしいなと思っていると、実は犬が言葉を話しているのだと、突然気付く。決心して耳を澄ますと、「新しい場所に住んでいたけど、飼い主にこの街で一番古い家に行きなさいと言われたので、歩いているとここにたどりついた」と言う。驚いて、「一番古い家とはどういうこと？」と聞くと、犬は首をかしげて少し考えて、また「あうあう」と鳴いた。もう一度耳を澄ますと、犬はこう言っていた。「古い、ていうのは、少しも前に進んでいないってことだと思う』」


電話が鳴っている。何度か遠くにその音を聞いて、寝ぼけてやり過ごしていたけど、もしかしたらマメかもしれない、そう急に思い立って飛び起きた。時計を見たら三時を過ぎたところ、ニューヨークは夜中の一時。咄嗟《とっさ》に計算が出来るようになった。

「もしもし？　ぃつあっ。」

慌てて取ったから、小指を机の角にぶつけてしまった。

「もしもしぃ？　あんたどないしたん、そない大声出して。」

がっかりした。

「お母さん？　小指打ってん、どないしたんよ。」

「どないしたって……、元気かなぁ、思て。」

お母さんのこのタイミングには、いつもイライラさせられる。

「元気て……寝てたの。今日仕事休みやからっ！」

「寝てた、てあんた、こんな時間まで？」

お母さんには、夜のバイトを始めたことを言っていない。いくら日曜日でも、最近ずっと夕方まで眠っていると言う私を、だらしがないと思っているようだ。

「元気やったら、ええんやけど。」

マメと暮らし始めたときから、お母さんは毎週日曜日に電話をしてきた。平日は朝から晩まで働いているし、土曜日はいつもどこかに出かけていていないのだ。昔はたいがい男の人とデートをしていたようだけど、最近再婚したから、その相手とどこかに行っているのだろう。お母さんは、相当男関係では放蕩を繰り返したようだ。でも、結婚はまだ二回目。しかも、前回の結婚は私の父親とではない。私は私生児なのだ。私が小さな頃、痩せて陰気な男と結婚をしたけど、それも長くは続かなかった。

私生児であるという事実で嫌な思いをしたことはあまりないけど、お母さんのように男の人にだらしない人間にはなりたくないと、今日まで誓って生きてきた。

「用無いんやったら、切るで。」

「うん、あの、あれやわ、マメ君は元気なん？」

これを聞かれたくなくて、切ろうとしてたのに。お母さんはこうやって、たまに恋愛のエキスパートぶる。散々失敗してきたくせに、それが本当に鼻に付く。私は出来る限りそっけない声で答える。

「元気やで、たぶん。」

「たぶん？　あんた、最近連絡取ってへんの？」

「連絡いうたって、ニューヨークからこっちにかけんの、むちゃくちゃお金かかんの！」

うそだ、そんなことはない。マメと私は電話番号指定の、割安の国際電話に加入している。通話料だって、携帯電話より少し高い程度だし、すぐ隣の部屋からかかってきてるみたいに、クリアに声が聞こえる。

五日に一度かかってきていた電話は、一週間に一度になり、二週間になり、一ヶ月になった。忙しいんだろうということは分かる。分かりたいのだけど、マメの声が聞こえないストレスに、私は押しつぶされそうだった。

「それは分かるけど、まめに連絡は取り合ったほうがええで。男女の仲いうもんは……、あ、マメ君にまめに、やて！　今のん気付いた？　お母さん気付かんと言うてたわぁ。」

うるさい！　何も知らないお母さんの、のらりくらりとした話にイライラが頂点になった。私はあんたとは、違う。

「もう切るから。約束あんねん。」

「あ、そう。はよ言うてよ。」

早く言ったって、ちっとも気を遣わないくせに。電話に出てすぐに「用事がある」と言っても、切らない人なのだ。究極のマイペース、自分のそれを崩したことがない。

「ほなね、バイバイ。」

「あ、ちょっと。」

「何よっ？」

まだ何かあるのかと、なかば叫ぶようにして言った。お母さんは考えこんでいるような沈黙をして、それから、言いにくいことを言うように、こう言った。

「あんた、無理してへんか？」

電話を切ってからしばらくは、イライラが収まらなかった。

お母さんは、私とマメとの関係がうまくいっていないと思っているのだ。花屋の店長もそうだった。マメがニューヨークに行くと聞いたときも、私からマメとの連絡の回数を聞いたときも、ふたりとも「大丈夫？」という顔をした。私がどれだけ大丈夫だ、私たちは信頼し合っているのだと言っても、それを認めたくないかのように、心配そうな顔を崩さなかった。

私は、マメを信じている。

結婚を約束していたわけではないけど、私たちの未来はきっと明るいし、関係が揺らぐことは無い。そう思っている。なのに、誰もそれを信じてくれない。誰かに信じてもらえるからといって、それが重要なわけではないけれど、それでも、皆の心配そうな顔には腹が立つ。

今のバイトは当然嫌だ。でも、働いてる人の誰も、私の私生活に興味を持たないところがいい。皆自分のことを大好きで、一等賞で、最優先されるべきものだと思っているのだ。阿呆、そう思うけど、最近はそれだけが心地いい。前だって、私が「どうしてママってママになったんですか？」と皆に聞いても、千里さんは「ヤルことヤッたらママになるのよーん」とかわし、チイコちゃんは「知らなぁい」と欠伸《あくび》をし、まみさんは「あ、そういえばママにお金借りてたんだった」と思い出し、響さんは「こないだのホームパーティーの……」と写真を広げた。皆、自分以外の誰にも興味が無いのだ。あっぱれだ。ある意味、ニューヨークってこんな感じかもな。マメが言ってた。

「誰がどんな格好してようが、どんなことしてようが、誰も詮索せえへんねん。」

マメ、ニューヨークなんかに行かなくても、そんな場所どこにでもある。どうか早く帰って来てよ、せめて電話くらい、しろよ。

髪の毛を乱暴に梳《す》いていると、また電話が鳴った。分かる。またお母さんだ。お母さんはいつも電話を切った後、「言うの忘れてたわぁ」と、二度目の電話をかけてくる。しかも、言い忘れてたことは、全然大したことじゃない。「近所のゆっこおばちゃんが再婚した」だとか、「新しい炊飯器を買ったらゴハンが格段に美味しい」とか、「お父さんと喧嘩した」とか。私はそれを分かっていて、二度目の電話には、出ないことにしている。お母さんのつまらない話より、このからまった髪の毛をなんとかする方が大事だ。

電話が、自動的に留守番電話になる。「発信音の後に、お名前とご用件をお話しください。ピーッ」いつもならこうだ。「あらぁ、もうおらんのぉ？　お母さんやけどぉ……」でも、今日のそれはいつまでも沈黙したままだった。よく聞いていると、誰かが話しているような音が聞こえる。

「もしもし？　俺。」

マメだった！　私はブラシを投げ出し、慌てて電話に駆け寄った。

「仕事やったら、また……」

「もしもしっマメ？」

マメの声にかぶせるようにして受話器を取る。心臓がドキドキと高鳴った。ああざまぁみろ、お母さんも店長も。マメは私に、こうやってちゃんと電話をくれる。ニューヨークなんて、とてつもなく遠い場所から。

「あ、びっくりしたぁ、おったんか？」

「うん、今な、髪の毛梳《と》かしてるとこ。伸びてさぁ、美容室行く時間もないから、最近はずっとくくってんねん、前髪を横に流してな……」

ああ違う、こんなことを言いたいのではない。こんなつまらないことに時間を割いては駄目だ。一秒ずつ、通話料がマメの肩にのしかかっているのだ。でも、何から話していいのか分からない。家のこと、バイトのこと、タッチさんのこと。

「マメは髪伸びた？　前送ってくれた写真、坊主やったからびっくりしたわ、でも似合ってたで。」

「……そうか？」

「あれから三ヶ月経つから、今角刈りみたいになって一番格好悪いときちゃうん？　坊主は伸びかけが一番厄介よなぁ。うちもそう、短く切ったのはええけど、伸びかけが一番始末悪い。」

「うん……。」

「マメ剛毛やったし、ぴんぴん上に跳ねてるんちゃうん？　なんか昔の柳葉敏郎みたいになってたら嫌やわぁ。でも坊主やったら寒いもんな、帽子かぶってんの？　うちがあげた赤のニットキャップかぶったら？」

「あの、な。あの……。」

「マメあれ似合っとったもんな。マフラーも赤にしたら還暦みたいやったけど、笑ったわぁあれ。いつやっけ？」

「あの、ごめん。ちょっと……。」

さっきから、心臓がドキドキといっている。

床に放り出されたブラシの、柄が折れてしまっているからだろうか。絡みついた髪の毛が、鈍い金色に光っているからだろうか。

「話、させて。ええか？」

それとも、マメの声が、随分と暗いからだろうか。

折れた柄を探すと、マメの机の下まで転がっていた。取ろうと思うけど、足が床に張り付いたみたいになって、何故か動けなかった。

マメは、すうと息を吸い込むと、そのまま静かに、でも吐き出すように言った。

「……好きな人が出来てん。ごめん。別れたい。」

耳を澄ますと、人の話し声だと思っていたのは、後ろで鳴っている、どこかの国の音楽だった。

ゲロを吐いた。

台所が、すっぱい臭いで充満している。どこかで嗅いだ臭いだなぁ、と思っていると、何のことはない、昨日店で嗅いだオーナーの臭いだった。ゲロは、灰色がかった黄色をしていて、台所の床でぬるぬると光っている。オムレツを失敗して、床に落としてしまったという風に、見えなくもない。何で拭こうか迷って、押入れをあさった。確かマメの服が、数枚残っているだろう。

しばらくごそごそやっていると、指先が硬いものにぶつかった。引っ張り出すと、白い袋の中に、古いビデオカメラが入っていた。マメのものだ。充電器と、テープも数本ある。電源を入れると、じー、と音がした。壊れていない。

私は見よう見真似でそれをかまえ、しばらく台所のゲロを写した。Tを押すとぐうんとゲロに近くなり、Wを押すと遠くなる。近くにあるゲロは、紫が濃く見え、遠くにあるゲロは、綺麗な黄金色に見えた。古いからか、画像が荒く、それを通してみる私の家の台所は、どこか知らない場所に見える。二十分くらい写していると、ピー、ピーと警告音が鳴り、急にぷつんと暗くなった。充電が切れたのか。壊れていたらかなわないと、充電器に取り付けると、青い点滅を始めた。良かった、壊れていない。それを待っているのもつまらないので、マメの服をまた探すことにした。

体が熱い。そうだ、私は風邪を引いていたのだ。店に今日こそ休みの電話をかけようと思ったけど、時計を見たら出勤時間をとうに過ぎていた。面倒くさい、携帯に何度も着信があるだろうと思った。でも、それを探す気も起きなかった。今は、このゲロをなんとかしなくては。

きゃうーん、と声が聞こえる。ポッポちゃんが、またタッチさんに捕まっているのだろう。タッチさんは今日も、客を待って外に立っているのか。

あんな汚いおじさん、誰が買うんだろうかと、いつも思っていた。今日みたいに、阿呆のように寒い日も、タッチさんは何時間でも立っていた。セクシーなストッキングは、さぞ寒いだろうと思った。でも私はその頃、暖かい布団の中で、マメに抱きついて眠っていた。窓の外と内で、こんなに違うんだ、と思って、己の幸せに目もくらみそうだった。タッチさんが足踏みをする音が、ずっと聞こえていたけれど、かつん、かつん、かつん、というそれがマメの心臓の音と重なるものだから、私は安心して朝を待ったものだ。

「うるさいなぁボケッ！」

大声が聞こえた。私はびくっと体を震わせて、耳を澄ませた。

「うるさいてお前、誰に口きいとんねやこらぁっ。」

「誰てあんたよっこのクソ汚いポンがっ！」

ばちんっと音がした。それと同時に、ポッポちゃんがくうんと鳴く声。

「なんじゃこらぁっ、誰のおかげでお前みたいな汚いジジイが食えてる思てんねやっ！」

「何しさらすっ、クソじじいっ！」

ばちん、と、また音がする。

タッチさんのことより、この音で近所の人が出てこないだろうかと、心配になった。皆きっと、タッチさんのことを知ってるだろう。でも、なぜか今日は、タッチさんの姿を、誰にも見られたくなかった。誰かに殴られて、罵声を浴びせられているタッチさんを、誰にも見られたくなかった。

「こらぁっ殺すど、このどクソっ！」

耳をふさいだ。それでも、タッチさんの靴がかつかつ言う音、ふたりがもみ合う音、ポッポちゃんがうろついている肉球の音は、はっきり聞こえた。

「いたぁいっ。」

タッチさんの甲高い声にたまらなくなって、窓を開けた。

大きな音を立てて開いた窓を、ふたりが同時に見上げた。

何を言いたかったのか分からなかった。うるさい？　やめて？　大丈夫？　どれも、私が思っている言葉ではなかった。私はぼんやりとふたりを眺め、どうやってまた窓を閉めようかと考えていた。タッチさんを殴っていた親爺は、タッチさんの髪を掴むのをやめ、私に手をあげた。おいこら、見世物じゃないぞ、そういうドラマみたいな台詞を言われるかと思っていたけど、男は、

「お嬢さん、どうも、お騒がせして。」

そう言って、頭を下げた。つまらなかった。タッチさんはばん、ばん、と自分の洋服をたたき、ペッと赤い唾を吐いた。そして、いつまでも引っ込まない私を見上げ、

「ちょっと、まだ用あんの？　生理女っ！」

と、大声を出した。その大声で、ポッポちゃんはとっとっとっと、家まで走って逃げた。

部屋に戻ると、台所にゲロが撒き散らされたままだった。

ふと気付くと、マメの服は、今私が着ているものだった。

「灯台下暗しや。」

そんな風に言って、ははと笑って、セーターを脱いだ。毛玉がたくさんついた、黒いタートルだ。マメがいなくなってから、冬になると毎日着ていた。寒さに耐え切れなくて、頭から乱暴にひっかぶるので、襟元がだらりと伸びている。

ゲロの上に載せて、何度か動かしてみた。毛糸はちっとも水分を吸収せず、かえってゲロを広げただけだった。臭いがどんどん強くなっていってる気がする。セーターはぐちゃぐちゃに汚れ、あきらめたように床の上をいったりきたりしている。

一時間ほどそうしていたけど、床はちっとも綺麗にならなかった。それでもゆっくりセーターを動かしていると、さっき窓を開いたとき、タッチさんに言いたかったことを思い出した。

「タッチさん、うち、マメにフラれてん。」

唾を吐いた。タッチさんのような赤い唾だと綺麗なのに、そう思ったけど、それは透明で、だらしなく糸を引いて、ぽとりとセーターの上に落ちていった。

# 十一

今日は久しぶりに残業があった。来るはずだった日雇いの餓鬼どもが、三人も休んだから、俺たちのところにその仕事がまわってきたのだ。新入りも残ると言って聞かなかったが、予定日まであと数日の嫁を家で待たすのは許さないと、無理やり帰らした。しかもうちの工場は、残業をしようが何をしようが、定時で工場長がタイムカードを押す。残っていても損なのだ。俺の作業スピードが速いのは、それも原因だ。新入りはしばらくぐずぐずしていたが、へこ、と頭を下げて、

「すんません。子供でけたら、い、い、い、一生懸命働きます。」

と言った。変な言い草だと思ったが、こいつはもしかしたらいい父親になるかもしれない、とも思った。

新入りが帰ってすぐに、工場長が後ろ暗い笑顔を残して帰っていった。ああ今日もやったなと思って見ていると、案の定六時に打刻してあった。二時間と半タダ働きだ。

ちらりと覗くと、夜勤事務のバイトの男が、棒つきの飴をくわえながら漫画を読んでいる。時々くっくっと笑いを漏らしているのがあさましい。挨拶をするのもシャクだったので、黙って外へ出た。

細かい雨が降っていた。サドルに小さな水玉模様がついている。拭かずにまたがり、大きく呼吸をした。雨が頬に当たる。

力をこめて漕ぎ出すとき、新入りの自転車を思い出した。いかにも漕ぎにくそうな、厄介な自転車だった。俺の自転車の漕ぎやすさとは比べ物にならない。でも、厄介なそれを転がして帰れば、あいつの家には腹が膨れた嫁がいるんだ、と急に思った。そのイメージは驚くほど鮮明に俺の頭の中に浮かび、どれだけ雨に打たれても、消えなかった。

それでどう、というわけではない。

でも、俺のこの漕ぎやすい自転車など、何の役にも立たないと、ふと思った。空気がつまったタイヤも、油をさしてなめらかに滑るチェーンも、何の役にも立たない。

今の俺には、何の役にも立たないのだ。

「大将」は少し混んでいた。雨なのに、皆家で飯を食わないのだろうか。今日こそ行かないでやろうと思ったが、雨の中、他の飯屋を探すのも面倒だ。人もそこそこ入っているし、あの女が俺に話しかけることは無いだろう。

「いらっさい。」

「いらっしゃいませ！」

俺が店に入ると、親爺とあの女が同時に振り返った。それにつられてか、女が注文を取っていた客も、俺の方を見、しかしまたメニューに顔を戻した。頭を軽く下げると、そのやり方が新入りに似ているな、と思って嫌になった。

「いつもの、大盛りね。」

俺が席に座るが早いか、大将がそう言い放った。くそ、お前の仕事は厨房だろうが。注文を取るのはあの女に任せておけばいいのだ。年を取ると、ああやってでしゃばるようになるからいけない。俺は普段、日雇いのバイト共の仕事を監督することはあっても、むやみに話しかけたり手を貸したりすることは一切しない。わきまえているのだ。それに馴れ馴れしく話しかけると、あいつはチョロイ奴だと思われる。年甲斐もなく、若いもんに媚びてきてやがる、と。男は威厳を持って黙っているのがいいのだ。

俺の前に水が置かれた。ふいをつかれて思わず見上げてしまったら、あの女がまた笑っていた。今日は話しかけられなくていいように、新聞を後ろポケットに差していたのに、広げるのを忘れてしまった。油断していると、女は馴れ馴れしく笑いかけてき、

「いつも塩やきそば。好きなんですね？」

などと言ってきた。

「す、好きれす。」

くそ、まただ！　あ行でもないのにドモるなんて！

女はくすりと笑うと、いそいそと次の注文を取りに行った。

水が足りない。そもそも、こんなぬるい水を置きやがって！　そういえば抗議のつもりで一口も飲まないでおこうと思っていたのに、それも忘れてしまった。

「はいよう、塩やきそば、大盛りね。」

親爺がにやにやと笑いながら皿を渡してくる。何か言ってくるつもりだな、と目を伏せていたら、

「ほれ、今オーダー取ってるあの客も、あの娘のこと狙ってるんよ。ひひ。」

ときた。

無礼にもほどがある。それではまるで、俺があの女を「狙ってるんよ」みたいではないか。俺は太い女は嫌いだ。馴れ馴れしいのも、腹が立つ。しかもあの客、などと言うから、見たくもないのに見るはめになるではないか。

年は俺と同じか、少し下くらいだ。深い緑のジャンパーを着ている。でこが狭く、これでもか、というくらい髪の毛が濃い。一見すると、髪の毛の印象しか残らない。濃い眉毛と大きな目が近すぎ、唇の色が悪い。鼻は取り立てて言うこともなく、首に汚い皺が何本も入っている。嫌らしい笑いを浮かべ、何かとあの女に話しかけている。たかが注文で、何をそんなに話すことがあろうか。

女も女だ。この店の忙しさが分からないのか。ひとりの客にそんなもたもたとかかずらっていたら、他の仕事がまわらない。早速俺の水のコップが空いているではないか。職務怠慢もはなはだしい。

「あの人、最近嫁はんと離婚したみたいなんですわ。」

空いたコップに水が注がれたと思ったら、親爺が俺に話しかけながらピッチャーを傾けていた。くそ、いらない世話を焼きやがって。そして、今日も海老が多い。あれだけ綺麗に残しているのだから、いい加減覚えてもいい。

「つい最近の話でっせ。それやのにすぐ女の尻追いかけて、お盛んですなぁ。」

お前はさっさと鍋を振っていればいいのだ。水を注がなくていい。こっちを見るな。

しばらく店内は忙しかった。俺のコップは親爺が注いだのが最後、いつまでも空のままだったし、女はあちらこちらのテーブルから呼ばれ、太い体を揺らして駆けずり回っていた。俺はというと、もうすっかり塩やきそばを食べ終わり、残った海老を食べようか迷っていた。ちらりと見ると、緑のジャンパーはまだ座っている、四人席に一人で座り、料理を食べ終えているのに挙句ちびちびと酒を飲みくさりやがって、迷惑な客だ。

いい加減おあいそをしようかと思って立ち上がったとき、

「お互い寂しいんやし……。」

という、声が聞こえた。見ると、緑のジャンパーが、女にこそこそと何か話している。さっきは聞こえなかったのに、男が何を言っているか、何故かはっきりと分かった。

「な？　旦那なくして何年になる？」

姿勢を元に戻し、海老を一匹食べた。殻をむいて食べると、それほど昆虫っぽさは残らない。なんや、食べられるやないか、そんな風にひとりごち、海老の殻を一匹ずつ丁寧にむき、むくたびにタオルで手を拭った。

「はは、そんなん言われてもうち、毎日忙しいさかい……。」

「ええやないか、休みくらいあるやろ？　な？」

「でも……。」

でも、ではない。嫌ならさっさと断ればいいのだ。そんな髪の毛ばかり景気のいい男など、ロクなものではない。しかも店内は相変わらず混んでいるというのに、注文が入らないのをいいことに、ダラダラと話しくさりやがって。注意をしてはくれまいかと親爺を見ると、そんなときに限って鍋を振ってやがる。くそ、鍋なんて振っている場合か、水をつげ、こっちを見ろ！

「休みいうても、用事あるんです……。」

「用事て何や？　ちょっとくらい空けてくれてもええやろ。」

しつこい男だ。用事、と言っているのだから用事だ。それを根掘り葉掘り聞きくさって、恥ずかしくないのか。ああ、水がない、水が。海老を食っていたら喉が渇いた。くそ、くそ。コップが空いてるのが分からないのか、あの女は。

もう一度見ると、女がこちらを向いた。眉毛を八の字にして、なんとも情けない顔をしている。太った顔でそれをやるから、おかめそのものだ。

俺はわざとらしく何もないコップに口をつけて、もう一度見てみた。女は今度は俺から目を逸らし、相変わらず困ったような顔をしている。くそ！

もういい。おあいそをしようと立ち上がったとき、

「休みの日は、娘と遊んだらなあきませんし……。」

女がそう言った。

俺はポケットから六百五十円を取り出して、机の上に置いた。

「お代、置いときます。」

誰に言うでもなくそう声をかけ、出口に向かった。俺が通り過ぎるとき、女は、

「あ……。」

と言ったが、扉を開けると、

「ありがとうございました！」

と、叫んできた。それに重ねて、親爺が、

「大将！　大盛りでっしゃろ？　五十円足りまへんがなっ！」

そう叫ぶ声も聞こえたが、構わず自転車にまたがって、力いっぱい漕いだ。ペダルが軽い。新品の自転車に乗っているような快適さだ。

ははは、でも、俺には、何の役にも立たない。

喫茶店に寄ろうと思ったが、やめた。銭湯も、今日はやめにする。俺は例のコンビニに寄り、久しぶりにお稲荷さんとざる蕎麦セットを買った。一度食べたくらいで、また脚気になることはないし、なっても構わない。こうなったら家茂と同じように、死ぬまで食べ続けてやろう。そもそも俺は「大将」の塩やきそばなどは、口に合わなかった。ぎとぎとと油っぽいし、塩味が日によって違う。昆虫みたいな海老が阿呆ほど入っているし、コップが空いているのに水を入れないデブの女がいる。あんな店、願いさげだ。それならばこのお稲荷さんとざる蕎麦セットを食い続けて死んだ方が、ましというものだ。

差し出すと、「名札の読まれへん奴」は面倒くさそうにレジを打つ。目の下にじっ

とりとクマが貼り付いている。気まぐれに話しかけてみようかと思って、

「釣りはいらんよ。」

と言ったが、綺麗にシカトされた。俺は袋を受け取ると出口に向かわず、ラーメンの棚へ行った。「名札の読まれへん奴」はさっさと奥に引っ込み、もう一人のバイトはというと、デザートコーナーの入れ替えをしている。

俺はシーフードヌードルを手に取り、ひとつひとつ一番下のサッポロ一番と交換していった。バイトは俺に目もくれない。俺は丁寧に丁寧に配列を変え、ゆうに十分ほどをその作業についやした。手のひらが濡れているのか、商品を持つたびにパッケージが汚れる。

拭うものもないので仕方なくそのままにし、店を後にした。気持ちは晴れなかったが、それでも良かった。

少しの間に、雨が強くなっていた。上を向くと、目をしっかりと開けていられないほどだった。やはり銭湯に行けば良かったと思ったが、この寒さでは一刻も早く家に帰るほうが先決だ。俺は自転車を立ち漕ぎした。年甲斐も無い、と小さな声で言って、言ってから誰にも聞かれていないかと、あたりを見回した。俺の声を聞ける範囲には

人はおらず、そもそも俺の話など誰も聞いてはいないということに気付いた。俺が何を言おうが、誰も何も気にしない。そして家には、誰もいない。

着いた頃にはユニクロの洒落たやつはぼとぼとに濡れて、中の羽のようなものがうっすら見えているという有様だった。手のひらで簡単に雨粒をぬぐい、エレベーターを待った。

自分の部屋の前で鍵を探すのに手間取っていると、向かいの扉が開く音が聞こえる。まずい、そう思った。でも焦れば焦るほど、鍵は俺の手に触れなかった。

後ろに、奴の気配を感じる。扉を少しだけ開けて、こちらを窺っているのだろう。

絶対に振り向くまい。

「服、びちょびちょやねぇ……。」

ため息のような声が聞こえた。背筋が一瞬で凍りついたか、誰かに思い切り殴られたような気がした。

絶対に振り向くまい。

「……雨、降ってるんやねぇ……。」

絶対に、絶対に。

やっと探し当てた鍵を鍵穴に差し、急いで部屋に入った。扉を閉めるときも、ちらりともあいつの方は見なかった。ただ、閉めようとした扉から部屋に忍び込んでくる「うっふん」という空気は、拭いようがなかった。間違いない。あいつは俺のことを確実に「狙っとるんよ」。思わず蕎麦を取り落としそうになりながら、俺はかろうじてベッドまで辿りつき、そのままどさりと横になった。ユニクロの水滴が布団を濡らすのが分かったが、もう一度体を起こす気力はなかった。

とても、疲れた。

天井の染みを、改めてじっと見た。それは枯れかけた黒い運河のように、天井をぬらぬらとだらしなく徘徊している。そのまま視線を下げると、たくさんの時計がぴくりとも動かないまま、空を見ている。墓場みたいだ、そう思って、ぶるっとひとつ震えた。怖かったのでは無い。小便に行きたかった。でも、脚が、腰が、古いポストのように重く、まったく動かなかった。残業はしたが、それほど疲れることはしていないはずだ。ただいつもより、自転車を力強く漕いだ程度だ。

分かっている。俺も年なのだ。

漕ぎにくい自転車だろうが、残業をしようが、雨が降っていようが、新入りなら、こんなに疲れないだろう。丸太みたいになった脚を投げ出して、雨に濡れた服を脱がずに、天井の染みをいつまでも見ているようなことはしないだろう。よもやしていたとしても、それを優しく注意し、たしなめてみせる、腹の膨れた女房がいるのだ。あいつはこれから、家族というものを、作ろうとしている。

「娘と遊んだらなあきません。」

あの女は、恥ずかしそうにそう言った。何を、恥じることがあろうか。片親だからか？　あんな汚い店で働いているからか？

娘がいるのか。娘が、あの女にも。

「これ、うちの娘。」

もしかしたらあいつはそう言う時、今日のあの女のように、恥ずかしそうな顔をしていたのだろうか。尻にへばりついて出てこなかったあのガキのように、笑うことにさえ、必死だったのだろうか。

ガキと、あいつと暮らした四年間は、小便を我慢しているこの一瞬のように、触ればだらりと壊れてしまいそうな、危ういものだった。俺がガキに話しかけることはほとんどなかったし、ガキもそうだった。コーンスープを渡すあの瞬間を除いては。あいつは俺とガキのことを気にしていたようだったが、その気遣いがまた腹立たしく、俺はますます意固地になった。ガキが、堂々と甘えてくれれば良かったのかもしれない。膝の上に乗ってきたり、手をつないでくれとせがんだり、そんなことをしてくれれば、俺たちの生活も、変わったのかもしれない。でもガキは、いつまでももじもじと落ち着かず、部屋の隅でひとりで遊ぶことを好んだ。目が合うとすぐ逸らし、話をするときは、俺ではなくあいつを見た。

時計は、相変わらずぴくりとも動かない。四角い目覚まし時計だけが、勢いよく秒針をふるわせ、それが随分と滑稽に見える。その他の時計たちは、それでもそこにずっとい続け、俺の手に触れられない限り、そこからは動けない。このさき一生。

俺のようではないか。

時計をひとつずつ買い足すたび、もうこの土地には二度と来ないと、胸に誓った。電池を抜くときは、自分の心臓を抜かれるような気がした。俺の人生の道が、ひとつひとつ減っていくのが分かった。嫌ではなかった。悲しくもなかった。自分で決めたことを、ひとつひとつこなしていくことが、俺には心地よかった。

ガキの顔も、あいつの顔も、もう忘れた。

「おい。」

声に出した。時計たちは、知らぬ顔でそこにある。

「おい。」

もしかしたら、どれかひとつが、動き出すのではないかと思った。でも、そんなことはないと、すぐに思った。

「おい。」

動いてみろ、そう思った。悔しかったら、動いてみさらせ。

雨がどんどん強くなる。はっきりと聞こえていた秒針の音は、いつしか雨音と混じり、不吉なオーケストラのように、俺の耳からいつまでも離れなかった。

# 十二

気が付けば雨が、ぼとぼと降っている。

タッチさんは客を捕まえたのか、あきらめて帰ったのか、もういないようだった。あれだけ強く叩かれたのだ。明日には顔が腫れて、ますます客が寄り付かないおっさんになるだろう。女を殴る奴は許せないけど、タッチさんを女というのはあまりにあんまりだし、タッチさんもあのおっさんのことをクソだとかポンだとか言って散々どついていたし、まあいい。そんなことをごちゃごちゃと考えていると阿呆らしくなるので、またごろりと横になった。ゴミ箱にマメのセーターを突っ込んだから、部屋がなんとなく酸っぱい。今誰かに来られたら困るけど、もちろんそんな人はいない。そして思う。これからもきっとそうだろう。この部屋に誰かが訪ねてくることは、絶対に無い。

携帯を見ると、「着信　サーディン」が八件くらい入っている。八件か、意外と少ないな、と思って、店のことを想像してみた。今日は雨だから、客足はいつにも増して鈍いだろう。オーナーがイライラしながら常連の人に電話をし、シカトされてまたママに当たり、響さんはハンカチ自慢でもしている、きっと。

はははは。

急におかしくなってきた。

今私の家に、「悲劇」のようなものが突然押し寄せた。それはたった一本の電話で起こったことなのに、私の生きていく道を変えてしまいそうな衝撃だった。ゲロを吐き、バイトを無断で休み、もしかしたらこれから一生誰にも会うことはないと思うくらい、心がしくしくと弱っている。

なのに、私のそんな悲劇的な状況なんて、まったく、ちっとも知らんぷりで、皆は生活を続けている。しかも、誰かに尊敬されるべき崇高な生活などではなくて、せいぜいハンカチで風船を作り「トス！」をしてシカトされる程度の、酔ったおっさんを極限まで弱らせて二回お会計をさせる程度の、ニューヨークあたりまで行けば自動的に「芸術家」になれると思っている程度の‼

涙が止まらなかった。

しかも、私のこの涙はむくわれないと思うと、ますます悲しくなった。

私が泣いていることなんて、誰も知らない。皆自分のことに夢中で、夢中になっていることは本当につまらないことで、そしてまた明日を待っている。ずっとずうっと同じ明日がくるのに、目が覚めれば違う何かが待っているような、そんなわくわくとした気持ちで日々暮らしている、なんて阿呆な人たちだ。

私はもう、何も信じない。

マメのことを、信じていた。本当に、心から。マメが映像作家になりたいと思っているのなら、それでいいと思った。「何やの。それ?」そう思う気持ちを、胸の奥にしまって、「頑張れ」と、そう言い続けてきた。あなたのことをいつまでも待っている。だから、思う存分頑張ってください、そう思っていた。いや、そう思っていたら、マメが帰ってきてくれると思っていた。そういう内助の功、みたいなものを、男の人は好きだと思っていた。


お母さんのようには、なりたくなかった。

くそみたいなバイトをして、自分の生活レベルを下げれば下げるほど、自分が健気な女のように思えて、そしてそれをマメも分かってくれているような気がして、それで、この生活を続けてきた。マメ。マメを、信じていた。

「好きになった人って、外人？」

そう聞くと、マメは、

「違う。日本人。」

と答えた。外人であってほしかった。せめて、私のあずかり知らない外国のやり方で、誘惑されたのだと言ってほしかった。どうしてわざわざニューヨークくんだりまで行って、日本人の「好きな人」を作るのだ。

「めっちゃ頑張ってはんねん。作る映像も、なんていうか、新しいんや。」

何を言いさらす。頑張ってて、新しい映像を作れば、あんたは好きになるのか。尻が大きくてそそるとか、セックスがうまそうだとか、甲斐甲斐しく身の回りの世話をしてくれるだとか、そういうことを言え。

頑張ってるときの目がきらきらしてる？

本人より作品に惚れたと言ったほうが正しい？

じゃかましい！

夢に向かって頑張っていないと駄目なのか、何かを作っていないと駄目なのか。自転車でバイト先に向かい、阿呆の相手をして、マメのことだけを思って眠る生活をしている私は、駄目なのか。

「きらきらと輝いて」いないのか。

どれだけ泣いても、涙が止まらなかった。もったいない、そう思った。マメに見られていないのに泣くのは泣き損だ。でも、私がこんな風に泣いたり、笑ったり、怒ったり、眠ったり、拗《す》ねたりしているところを、マメが見ることはもうないのだ。マメはニューヨークというところで、刺激的な毎日を送り、いつか映像作家になれるよねと、同じ夢を持っている「同志兼尊敬できる人兼好きな人」と、日々を過ごすのだ。なんたること。なんたる。

こういうときに、誰かに電話を出来ればよかった。女友達よりも、男の子だ。優しくて、顔もそこそこ良くて、出来ればひそかに私のことを好きな男の子がいてくれれば。雨の降る夜に泣きながら電話したら、「どうしたんや?!」「……ううん、なんでもない。」「なんでもないことないやろ、待ってろ、今行くからっ!」なんつって駆けつけてくれるはずだ。雨の中、ドラマチックなふたり。

でも、私。マメという彼が出来てから、他の男の人には、目もくれなかった。女友達との約束なんて、余裕でドタキャンしたし、合コンなんかに行く人たちのことを、嘲り笑っていた。己の幸せを喜び、必要最低限の人としか話をせず、マメのことだけを見ていた。マメ、マメが生活の中心だった。

これからどうすればいいんだろう。こんな、マメがいないと何も、本当に何もない私は、一体どうすればいいんだろう。

お腹が鳴った。

馬鹿らしい。こんなときにでも、お腹は減るのだ。のん気な胃袋よ。

このまま何も食べないで、カリカリに痩せて、マメに罪悪感を抱かせてやりたいところだけど、どうせマメが私を見ることは無いのだから、何かお腹に入れよう。

台所にのろのろと移動すると、さっきまでゲロがぐたぐたと居座っていた床は、何事も無かったようにつんと澄ましていた。セーターで拭き取った跡がところどころ残っているけど、それはいつもの床だった。思い出して、ビデオカメラを見た。もう充電は終わっているかと思ったけど、まだ終わっていなかった。充電というのは、意外と時間がかかるものなのか。かまわず、それを充電器からはずし、スイッチを入れた。

今度は何も無い床を数分写してみた。Tを押すと近くへ、Wを押すと遠くへ。これは、私の部屋だろうか。この床は、こんなにも、ひんやりと冷たそうな姿だっただろうか。

スイッチを切り、炊飯器の上にビデオを置いて、冷蔵庫の中をあさった。チーズ、ちくわ、シュークリーム。すぐに食べられるものを手当たりしだい出していった。そしてまた思い立ち、ビデオカメラのスイッチを入れた。ぱっとしない冷蔵庫の中、すぐに食べられるもの、くたくたの野菜。ファインダーに、赤いマークが点滅している。たぶんこれが録画されていますよ、ということなのだろう。ちかちかとうるさいそれが、何かの警告のように思える。

マメの好きな人は、きっと痩せているのだろうと思った。何故か分からないけど、ニューヨークに何かをやりに行くなんて人は、きっと向こうの人たちに影響されて、にわか菜食主義者のようになっているはずだ。昼から白ワインを飲み、サラダをつつく程度。くそくらえだ。くそくらえ。

痩せたいと思ったことはある。私はちょっと同世代の女の子からすれば太り気味だし、マメの好きな芸能人の女の子は、皆鎖骨がくっきりと浮かんでるような痩せ子ちゃんだったからだ。でも、どれだけダイエットを重ねたって、痩せることはできなかった。私の体は遺伝だ。お母さんはぽっちゃりとしているし、おばあちゃんだってそうだった。

洗面所を開けて、鏡を見てみた。ビデオカメラを覗いている、少し太った女が写っている。私がもう少し痩せていたら、マメにふられることはなかっただろうか。そんなことを考えてみる。そしてまた泣く。泣きながら、でも、ビデオは消さない。私の泣く声を、泣き顔を、全て記録しておいてやろうと思う。再生の仕方も分からないし、そもそも写っているかどうかも分からない。でも私は、思いがけず手にしたこの黒い塊を、いつの間にか手放せずにいた。

電話が鳴っている。携帯電話だから、マメでも、お母さんでもない。そもそも携帯電話なんて、持ってなくても良かった。私のそれは鳴ることが無いし、たまに鳴っても「サーディン」「オーナー」だ。どれだけこのクソみたいな生活にどっぷり浸かっていたかが分かる。そしてまた、携帯のメモリに入っている人たちと連絡を取り合う生活に戻るには、相当の時間がいるだろう。

着信を見ると、はは、ほら。サーディン。今日九回目の電話だ。仕方がない。取ってやろうか。

「……もしもし?」

「……もし?……イフ?」

ママだった。面と向かっても聞き取ることが出来ない声だ。電話になると、聞き取れないことこのうえない。

「はい、あの、すみません、今日。」

「……かあっ……?」

「え?」

「何か……あっ……?」

「何かあった、て、あの、風邪引いて、熱が出て大変で、電話できなくて、すみません。」

嘘と思われてもいいと思った。どうとでも思ってくれ。あんな店、行きたくもないのだ。私の悲劇と無関係な顔をして、飄々《ひょうひょう》とつまらないことをさらしている、あんな店なんて。

「……ぜ？……じょう………？」

「大丈夫です。」

「……したは、……れる？」

「明日ですか？」

行く気は無かった。もう、やめてやろうと思っていた。マメにふられた今、あんな店にい続ける理由は、豆粒ほども無い。マメにふられて、豆粒。ははは、お母さんに言ってやろう。ははは。

「行けません。」

「…………。」

「…………あの、私もう、やめたいんです。」

「……して？」

「どうして、てあの、もう、嫌なんです。疲れたんです。さっきもゲロ吐いて、止まらなくて。」

「……ロ？」

「ストレスやと思うんです。毎日毎日店に通って、変な人らの相手して、嫌なんです。

嫌なん……。」

また、涙がぼろぼろと出てきた。人間の体には、随分とたくさんの水分があるもんだなぁと、感心してしまった。それとも私は、人より少し太っているから、涙の量も多いんだろうか。涙が少ししか出ないような、やせっぽちの女の子だったら、マメに振られることはなかったのだろうか。ああ駄目だ、なんでこんなに悲しい。なんでこんなに、辛い。

「…………。」

「嫌なんです。やめます。やめさせてください。今月分の給料はいりません。置いてた靴は捨ててください。」

驚くほど、言葉が後から後から出てくる。ここまで嫌なことだと、私は思っていたのだろうか。二度と会いたくないと思うほど、皆のことを嫌っていたのだろうか。

「……イフ?」

「オーナーにも言っておいてください、本当に申し訳ないけど、嫌なんです。辞めます。」

ぐずぐずと鼻水が出てきて、さっきからすすりたいのだけど、そうするとママに泣いていることを気付かれてしまう。我慢してそのままにしていると、鼻水どもは活性化し、私の鼻を、唇を、ぐちゃぐちゃと濡らす。

私は、いつまでも泣いている。携帯を持った左手も何故か濡れていて、それは永遠に乾かないのではないかと思うほど、ぬらぬらと気持ちが悪い。

「嫌なんです。」

嫌なんです、というその台詞を何度、ママは聞いただろう、それとも何か話していたのか、携帯の向こうからは、店の変な音楽がゆるく聞こえてくるばかりで、一向に埒《らち》が明かなかった。いい加減切ってやろうと思ったそのとき、

「チーフ。」

ママがはっきりと言った。こんなに大きな声を出せるとは、思わなかった。

普段からそうしてろよ、咄嗟にそう思った。ママは、チーフ、と大きな声でよびかけた後、しばらく何も言わなかった。またいつもの声量に逆戻りしたのか、それとも怒っているのかと、携帯に耳を強くつけると、ママはこう言った。

「泣かんといて。」

心臓がキリリ、といった。

油断して、大きな音で鼻をすすった。泣いていたのはバレていたし、ママがここにきて大きな声を出すものだから、私は言葉を失ってしまった。

「泣いたら、あかん。」

ふと見ると、テーブルに置かれたビデオカメラは、こちらを向いてセットされていた。電話をしながら、私がやったのだろう。無意識だった。でも、見なくても分かる。画面の中の録画マークは、相変わらず警告を知らせるように、赤々と点滅している。ピーピー。そしてまた、もうこれ以上撮れないと、訴え始める。赤いそれは、私も泣いてるのよ、そう言ってるみたいに、何度でも、点滅している。そうだ、充電が必要なのだ。もっと、もっと。飽きるほど、充電が必要なのだ。

## 十三

『銭湯に入ると、湯が干からびて入れない。仕方がないのでサウナに入ると、空いているのに、いっぱいです、と言われ断られた。一度ドアを閉め、もう一度開けて「ちわー」と、軽い挨拶をしてみると、「おー、どうぞどうぞ」と歓待を受けた。ほっとしてサウナに入ったが、ちっとも熱くない。皆、どう思っているのだろうかと見ると、いつの間にか全員、肩に赤いタオルをかけている。しまった、俺も持ってくればよかった、と後悔しても始まらず、皆の視線が痛くて、そのまま外に出た。腰の辺りがぶるぶると震えるので、携帯が鳴っていると思って触ったが、自分が裸だったことに気付き、恥ずかしくなる。もう一度ドアを開け、「ちわー」と言っても、誰も何も言わない。あきらめてドアを閉めたが、気になってもう一度開け、さっきのタオルを分けてくれませんか、と近くにいた男に声をかけた。番台に売っていると言われたが、裸なのが恥ずかしい。思いついて、携帯が鳴っているフリをした。手で電話の形を作り、もしもし？ と言ってみると、本当に「もしもし」と聞こえた。「誰や？」と聞くと、男は「あんたなぞにやるタオルはない」と言った。』

雨はやまなかった。

傘をさしながら自転車を漕ぐには、骨が折れる。道には俺と同じようなことを考えている輩《やから》や、傘をさしながらのらりくらりと歩いている奴が大挙しており、それを避けながら片手で運転するのに、とても神経を遣うのだ。案の定、十分早めに家を出たのに、工場に着いたのはいつもの時間だった。駐輪場に新入りの自転車が駐めてある。あれほど言ったのに、自転車の後輪はぐだぐだと空気が抜けたままだ。雨も降っているし、こんな自転車を漕ぐくらいなら、歩いたほうが早いだろう。

事務所の奴はもう来ていた。新入りの姿は見えない。早々に着替えをして、またコーヒーでも飲んでいるのだろうか。タイムカードを押す。昨日の打刻が打ち直されていないだろうか、などと考えてちらりと見てみたが、何も変わっていなかった。

小便を済まそうと便所に入ると、中から新入りが出てきた。

思わず声が出たが、おはようとは言わなかった。

「お、お、ぅお、おはようございます。」

「早いな。」

「はあ。」

「お。」

ちらりと見ると、携帯電話を握り締めている。誰かに電話でもしていたのだろうか。更衣室ですればいいものを、何をこそこそしているのか。新入りはへこ、と頭を下げると、そのまま歩いていった。変な奴だ。

小便だけで済むと思ったが、済まなかった。個室に入って鍵を閉める。壁には落書きがしてある。「**ちんこかゆい**」「**清原がんばれ**」「**ミエコとやりたい**」「**サミシ〜**」。めまいがする。

便器に座って、煙草に火をつけた。時計を見ると、あと五分ある、大丈夫だ。それまでにはすっきりするだろう。

昨日、家に帰ってお稲荷さんセットを食べていた俺は、思うところあって、財布を持って立ち上がった。

「五十円足りまへん。」

そう言った大将の言葉を思い出したのだ。これからあの店に行くつもりは一切無いが、金をごまかしたと思われたままでいるのは癪《しやく》に障《さわ》る。一言「さっきは忘れていました」と言い、五十円玉をついと投げてやれば、あの店ともおさらばだ。雨はやまないが、ここはひとつ出かけてみようと、そういう気分になったのだ。

傘を持っていこうか迷ったが、歩いて五分ほどのところだし、五十円を渡しに行くだけで蝙蝠傘《こうもりがさ》を広げるのは、どうにも大げさな気がした。静かに玄関を開けると、前の家はしんと静まり返っていた。いつもと変わらないはずなのに、昨日に限ってとても静かに思えたのは、あの、「ジム・キャリーはMr.ダマー」を奴が軒並み剝がしていたからだった。思うところあったのだろうか。数年来ずっと貼っていたあれを全て剝がしてしまうなんて、気味が悪かった。大方明日には新しいチラシでも貼るのだろうと思っていたが、今朝見ても扉はそのまま、ひっそりとしていた。引越しでもするのか。だとしたら嬉しい。

外は、結構な雨だった。家を出るとき時計を見たら、二十二時を少し回ったところだった。傘を差した酔っ払いがちらほらと歩いていた。通天閣の明りは消え、不吉な、暗い影を落としていた。明りをつけたそれと、消えているそれとがあれほどまでに違う建物を、俺は見たことがない。明りがついているときは、「じゃんじゃんいきまひょ」とでも言うかのように、飄々と信用ならないおっさんの雰囲気をかもし出しているのに、明りが消えた途端、妙に殊勝になり、「わてなんかこの世で何の役にも立ってまへんのや」と、情けない表情を見せる。

「大将」を覗くと、まだ数人客がいた。あの髪の毛過多の男はいなかったが、入り口で中を覗く俺に、親爺も女も気付かなかった。しばらく見ていると、女がカウンターに座った。親爺と話しているが、後ろ向きなので表情までは分からない。親爺は真剣な顔で何かを言い、時折優しい視線を女に向ける。女は頬杖をつき、コップに入ったビールのようなものを飲んでいる。少し驚いた。ビールを飲んでいることではなく、女があんな表情を見せることにだ。違う、表情が見えるわけではないが、女の背中に、「疲れ」だとか「戸惑い」だとか「不安」だとかが見え隠れしていたのだ。

俺は阿呆のように五十円を握り締めたまま、その場を動けずにいた。そのときだった。

「お母ちゃんっ。」

そう叫ぶ声がした。咄嗟に俺はその場から離れ、自動販売機で煙草を選んでいるフリをした。よっつくらいの小さなガキが、婆さんの手を引っぱって「大将」向けて走って行った。髪の短い、まるまると太ったガキで、赤い雨合羽《あまがっぱ》は大きすぎ、地面に摺っていた。婆さんは「これ、これ。まだ、おかあちゃんは仕事中やっ」、そんな風にガキをたしなめていたが、ガキはそんなことに聞く耳をもたず、ものすごい力で婆さんを引っ張って行った。すぐに分かった。あの女のガキだった。俺は踵《きびす》を返し、そのまま歩き出した。振り返らなかった。

家に向かう気がしなかった。かといってあのコンビニに行く気もなかった。俺はもう閉まっているだろうあの喫茶店に向かった。何故か分からないが、今日はあのジジイに、あのタクシーのジジイに話しかけてみようと、そう思った。雨は強くなり、若い女ふたりが、きゃぁっと叫びながら通りを走って行った。

ジジイはいた。

左の袖を雨にぐっしょり濡らしながら、ガードレールにもたれ、そこにじっと立っていた。タクシーなんて、一台もいなかった。爺は自分にだけ居並ぶ車の列が見えているのだろうか、いつものように、ゴミのように、そこに立っていた。

やめてくれ。

そう思った。こんな強い雨の中、お前は何をやっているのだ。お前の一生は、これからずっと、ずっとそうなのか。生きているのではない、死ぬのを待っているような、そんな人生で、それで構わないのか。声に出なかった。でも俺は、心の中で、ずっとそう叫んでいた。俺の左腕も、もがれてしまったように、肘がじんじんと痛んだ。

ジジイは、それでも立っていた。

何をしようと思ったのだろう、ジジイに向けて、俺が一歩踏みだしたそのとき、向こうから歩いてくる二人の人影が見えた。傘をひとつ差し、女が男にもたれかかるようにして歩いている。ふらふらとおぼつかない足取りは、酔っているのだろうか。目をこらすと、忘れられない顔だった。

あの、「大将」で見たオカマのおっさんだった。オカマは頬に大げさな絆創膏をし、左目を汚らしく腫らしていた。どこかで転んだのか、それとも喧嘩でもしたのか。これ以上見ると、きっと難癖つけられると思ったそのとき、

「おうい、おうい。」

と、声をかけられた。驚いてみると、オカマがもたれかかっているジジイが、俺に

話しかけているのだった。誰だ？　目を凝らしてみると、

「脚気はすっかり治ったんかいな？」

そう言う。粛清病院のジジイだった。急に、体の力が抜けた。へなへなと、そのまままそこに座り込みたいような、そんな気分だった。

「しぇんせい……。」

声に出したら、それは恐ろしいほど弱々しく、道路に吐いた唾のように、だらりと糸を引いて俺の心を汚した。危ない、泣き出してしまうかもしれない、そう思った。

「なんや情けない声出してぇ。勘違いすなや、この子ぉ買うわけとちゃうからな。えらい殴られてうちんとこ来てやかましいから、今から一杯飲みに行くんや。あんたも行くか？」

オカマはジジイに抱きついたまま、こちらをじっと見ている。ひどくおびえているように見えるその表情が気色悪く、俺は目を逸らした。

「いや、ええです。」

「なんや付き合い悪いなぁ、風邪引いたらあかんどー。いや、引いてくれたほうがわしは儲かるけどなぁ、ぬははっ。」

家に向かって、ふらふらと歩き出した。タクシーのジジイは、嘘のように姿を消していた。もしかしたらあのジジイは、俺にしか見えないのではないかと思った。他の人には見えない、俺の中だけの誰かなのではないか。もしかしたら、俺の未来の姿なのではないか。

ぶるっと大きく震えた。風邪を引いたのかと思った。俺はまっすぐ自分の家に向かいながら、こう雨が強くては、前がくそも見えない、そう思っていた。

「なんやの小山内君、出勤しとるんやったらタイムカード、おさないと。」

工場長が汚い笑いでもって近づいてきた。反応が悪い俺たちをもう一度試すかのように、

「おさないくん、お、さ、な、い、と。」

と、諭《さと》すように言う。

「すいません……。」

「じゃあないで、今日は三十分遅刻扱いにさしてもらうで。」

「はい。」

俺はちらりと新入りを見た。定刻通りどころか、俺より早く来ておきながら三十分の遅刻なんて、おかしな話だ。自分の駄洒落に反応しなかった新入りが悪い、とでも言うように、工場長はふんふんと鼻息荒く前を通り過ぎていった。

新入りは陰気な顔で作業をしている。いつも通りのようで、どこか違う。さっきから乾電池を取り落としたり、指を作業台にぶつけたり、急にびくついてポケットに触ったり、何せ落ち着かない。何かあったのか聞くのも面倒なので黙っていたが、このままでは俺の作業効率まで悪くなってしまうと思い、しぶしぶ聞いた。

「どないしたんや?」

新入りはくもった眼鏡をずり下げて、ぼうっと作業を続けている。

「おいっ。」

「はいっ。」

やっと気付いたようだ。怒られた子犬のような顔をしている。鼻の頭にじっとりと汗をかき、唇も紫だ。風邪でも引いているのだろうか。だとすれば、俺の方が体調は悪い。さっきのめまいは結局取れないし、あれだけ気遣っていた腰がどんよりと重い。嫌な予感だ。

「どないしたんや、今日お前、ちょっとおかしいど。」

「……すみません……。」

「謝っても分からへんがな、なんや、なんかあったんか?」

「あ、あ、あ、うぁ、あの……。」

こんなときのドモリは、本当にイライラする。俺は作業の手を止めて、新入りをじっと見た。すると新入りが、またびくっと体を震わせた。何だ、何があったんだ。新入りはポケットに手を入れたまま、おびえた目で俺を見ている。注意して見ると、ポケットがぶるぶると震えている。

くそ、こいつ、作業場に携帯を持ち込みやがった!

バイトの阿呆の連中が、たまに携帯を取りだしメールなんぞをしているのを、俺は軽蔑と怒りの目でもって睨むことにしている。ここは職場だ。そんなものを持ち込む奴の気がしれない。新入りがそんなことをするなんて思わなかった。少しは見込みのある奴だと思っていたが、がっかりだ。そんな気持ちをこめて見ていると、新入りはますます汗をかき、ポケットに手を入れたまま固まっている。ポケットは、それでもぶるぶると震え続けている。

トイレから出てきた新入りを思い出した。あのときも、携帯を握っていた。そんなに電話を待たなくてはいけない、何かがあるのか。何かが。

待てよ。

新入りの目を見た。おびえたような色は相変わらずだが、そこには何か俺の知らない、光のようなものが見えた。

まさか。

「おいっ。」

「す、すみません。」

「すみませんとちゃう、お前、電話出ろ。」

「うえ、え? でん……」

**「ええから、出ろっっ!」**

俺の大声に、皆が止まった。

阿呆のバイト共はべちゃくちゃとうるさいお喋りをやめ、日雇いのおっさんはボテの取り合いをやめた。ぶー、ぶー、と、携帯が震える音が聞こえるほどに、工場内はしいんと静まり返った。

新入りは震える手で携帯を取り出し、耳に当てた。

「もしもし……？」

俺は、手にじっとりと汗をかいていた。熱のせいかもしれなかった。体が驚くほど熱かった。

「……」

新入りはしばらく携帯を耳に当て、ぼうっとしていた。

「何なにぃ、何やの？」

工場長がふてくされた顔で事務所から出てきたそのとき、

**「産まれたっ！！」**

新入りが叫んだ。さっきの俺のとは比べものにならない、工場を越え、町中に響き渡るような大声だった。

**「産まれたっ！！！」**

何故か分からない、俺は帽子を投げた。体中の血液が、驚くほどのスピードで駆け巡った。

「行けっ。」

「……え？」

「阿呆、病院、行ったれっ！」

「……はいっ。」

新入りは返事をしながら、もう走り出していた。俺は思い出し、

「おいっ。」

と声をかけた。

「俺のチャリで行けっ、お前のんやったらラチあかんっ！」

鍵を投げた。それはチリーンと涼しい音を立て、しっかりと新入りの手の中に飛び込んで行った。

「ああ、あ、うぁ、ありが……」

「礼はええ、はよ行けっっ！」

新入りは誰かにケツを叩かれたかのようにつんのめると、全力で駆け出して行った。皆、呆気に取られていた。工場長は、

「どないしたん、小山内君……。」

と言い、もじもじと居心地が悪そうだった。構わない、あいつは今日三十分タダ働きなのだ。一日分の給料くらい、俺が支払ってやる。嘘だ、でも、半分くらいなら。しれっとした顔で、俺は作業に戻った。うるさいバイトも、汚いおっさんたちも、それぞれの職場に戻った。いつもの一日が、やっと始まった。

俺は「ライト兄弟」の組み立てを驚異的な速さでこなしながら、そういえばさっき新入りは、あ行の言葉を少しもどもらなかったな、と思った。

うまれた。

新入りの子が、産まれた。

# 十四

『外国行き、と書かれたチケットを見せると、黒人の女が異様に怒り出した。何かマズイことでも言ったのかしらと、慌てて走り出すと、私の名前がアナウンスで呼ばれた。あなたを待って、皆が迷惑している、早く外国行きの飛行機に乗りなさい、と、そんなような内容だ。焦れば焦るほど、いよいよ自分がどうして外国に行くのか分からない。それでも、動く歩道を転がるようにして走り、途中立ち寄った弁当屋で天むすを盗んだ。きっとこれで機長さんが機嫌を直してくれると思ったのだ。ホームで停車している飛行機に乗ると、乗客が一斉にこちらを見る。自分の席がどこかすぐに分かる。赤いランプが、かちりかちりと、慌《あわただ》しい点滅をしているのだ。うつむきながら席まで行き、隣を見るとさっきの黒人女がこちらを睨むようにして座っている。あちゃあ、まずいタイミングで会ったと思って、天むすを渡すと、黒人女は当然、という風にそれを胸に入れ、居眠りを始めた。やれやれとにかく間に合った、と私も目をつ

**むると、また怒った声でアナウンスが入った。分かっている。それはきっと英語も話せない私を、天むすなんかでご機嫌をとろうとしている私を、意味も分からず外国に向かう私を、なじるアナウンスだ。』**

喫茶店で、ママと向かい合っている。

変な感じだ。こんなことになるなんて、マメにふられるということは、私にとって何か凶兆の、ほんの始まりに過ぎないのだろうか。

「泣いたら、あかん。」

あんな大きな声を出せるくせに、今ママが発する声を、きちんと聞きとることは出来ない。何か言ってると思って身を乗り出すと、実は何も言ってなかったりして、腹が立つ。

「ふたりで、通天閣に登ろう。」

昨日の電話で、ママはそう言った。は？　と思った。いくらなんでも、それは聞き間違いだろうと黙っていたら、ママはもう一度同じことを言った。何でですか？　と聞くのをはばかられるくらい、なんだか強い声だった。

怖かった。ママは、狂ってしまったのね、そう思った。

悲しさと恐怖で泣きじゃくる私に、ママは待ち合わせ場所と時間を一方的に告げ、電話を切った。ものすごく怒っている、そう思った。

今日は来なくてもよかった。あんな約束、無視すれば良かったのだ。でも、ママには電話番号を知られているし、なんだか約束を破るとママに何かされそうで、されるといっても直接的に何かをされるというよりは、ママが知らぬ間に後ろに立っていたときの「怨」というあの感じをもろに味わわされそうで、怖かった。

約束より五分ほど遅れて、喫茶店の前に立った。

通天閣の真下、緑のテントのそれは、すぐに分かると言っていた。本当に、すぐ分かった。ガラス戸から覗くと、ママはこちらに背を向けて、窓際の四人席に腰掛けていた。薄い水色のコートを着ている。

私は、いつも出勤前にやるみたいに、大きく息を吸い込んだ。八回ほど吸い込み、そうだ着信は九回あったからもう一回、とおまけを吸い込んで、扉を開けた。カラン、と涼しい音が鳴り、陰気な中年の親爺が、

「いらっしゃいませ。」

と声をかけてきた。ママは、振り向かなかった。席に向かおうとすると、さっきの中年に、はい、と、水とおしぼりを渡された。

「……すいません。」

席についた途端、謝ってしまった。

ママはまぶたに透明のテープを貼っていた。前の晩からアイプチのテープを貼っていないと、一重になってしまうと、いつか言っていたような気がする。今の時間は、ママにとってまだ「前の晩」なのだ。どろりと眠そうな顔で、すっぴん。髪の毛だけがつやつやと豊かで、「怨」の文字がますます強く私の目に浮かんだ。

「……はよう……。」

「おはようございます。起きたてですか？」

「…………。」

何か言っている。でも聞こえなかった。

さっきの中年が注文を取りに来たので、カフェオレを頼んだ。冷たいの？　熱いの？　なんて聞きやがるから、一度目をじっと見て、「あ、つ、い、のを。」と言ってやった。どうしてこんな寒い日に、冷たいオーレなんかを飲むのだ。でも、店内を見回すと、アイスコーヒーらしきものを飲んでいるおっさんが多い。ふと目をやると、ママも冷たい何かだった。氷がだいぶ溶けているけど、たぶんミルクティー。ここは、そんなに熱い喫茶店なのか。

「……めん、急に。」

「え？」

「……っくりしたやろ？　つうて……くのぼろ……なんて。」

「は、はい、そうですね。通天閣。あ、でも、私。あの、私、ごめんなさい。急にやめることにして。」

「…………。」

聞こえない。

「あの、昨日も、無断欠勤してしまって。」

「…………。」

聞こえない。

店で聞くときもイラつくけど、こんな昼日中に呼び出されて聞く、いや聞こえないママの声は、本当に本当にイラつく。やっぱり来なければ良かった。「怨」だろうがなんだろうが、今の私にはマメに振られること以上に悪いことなど起こらないはずだ。カフェオレが来た。来た途端、失敗したと思った。なんだか熱い。ムカついて熱い。店の人たちは皆、何かにムカツクことを想定して、冷たい飲み物を頼んでいるのだろうか。

「……それ飲んだら、行く？」

やっと聞こえた。でも、意味が分からなかった。

「……え、どこに？」

ママは、うんともすんとも言わずに、じっと私のカフェオレを見つめている。寒くなったのか、欲しいのか。私はまたイライラして、今日ここに来たことを改めて後悔した。ママはそんな私のイライラなど、少しも気にせず、辛抱強く私がカフェオレを飲むのを待っている。こうじいっと見られては、カップを口に運ぶ以外に、何もすることがない。私は驚異的な速さでカフェオレを飲んだ。口の上の皮が、べろりとめくれた。

「通天閣。」

フェスティバルゲートの妙なパステルカラーが、街中から圧倒的に浮きあがっている。遠くに見える大阪城はぽつりと小さく、周りのビルが異様な大きさに見える。大阪湾は深緑、臨海の煙突はもくもくと煙を吐き出し、関西空港目掛け飛行機が墜落せんばかりの勢いで飛んでいる。

私の家は見えるだろうか。方角を考えて、そちらの方向をじっと見てみる。四天王寺さんが見えるから、そこから北にあがって……、ああ、あそこらへんだ。茶色い建物は、サンスタジオだろうか。あれだ、あの、薄い緑の建物。はは、ここからでも見えるのか。

思わず、はしゃいでしまった。

通天閣なんて登るのは、何年ぶりだろう。昔、お母さんと登った。お母さんの相手は、どうだったろうか。いたような気がするし、いなかったような気もする。どちらにせよ、存在感のない男だった。でも、何故か、今の父親より好きだった。話をしないし、あからさまにかわいがってもくれなかったけど、お母さんに心底惚れている、という感じが、幼いながらも伝わってきた。陰気な目の奥に暖かい何かが、後ろめたそうな表情の裏に男らしい恥じらいが見えるような、そんな男だったと、お母さんも言っていた。どうして別れたのか分からない。でもある日、その男は私たちの前からぷつりと姿を消した。そういう男の人がいなくなるのは、その後慣れっこになったけど、そのときは記憶できる限り初めてだったから、傷ついた。自分が捨てられたということより、お母さんのことを、本当に好きではなかったのか、と思った。私は小さな頭で、男の人は女の人の元からいずれ、いなくなってしまうということを、もう知ってしまったのだ。

そして今、マメはやはり私の元から、綺麗に去って行った。

ママを探そうと一周すると、さっきまで私がいた「北」の方角を、じっと見ていた。なんなんだろう、あの人は。「やめます」と言った私に、「通天閣に登ろう」、挙句登ってきたら、ぼうっと景色を見ている。馬鹿にしているのか。

隣に立つと、こちらを向き、笑ってるような顔をした。私も恐る恐る笑ってみたけど、「帰っていいですか」とは、怖くて言えなかった。ママはほぼ真下を指さし、口を開いた。ママの言っていることと指差す先を理解するために、私はガラスに最大限近寄りつつ、ママの口元に顔を寄せるという姿勢をとらなければいけなかった。

「……の坂、見える？」

「え？　どの……、あ、あの大きい坂ですか。おっさんが自転車漕いでる。」

「……そう。……昔、オーナーに、こんな風に、……こに、つれて……て……もらってん。」

「オーナーに？」

あと数センチほどまでママの口に耳を近づけると、ママの「……」の部分まで、やっと聞こえるようになった。

「……そう。チーフ、なんで私が、ママやってるの、て、思ってるやろ？」

思ってます、とは、言えなかった。でも、そうだということを表すために、何も言わなかった。

「私、昔、イライザでバイトしててん。レジ打ちの。」

イライザ、というのは、店の近くにあるコンビニのような店だ。水商売用にストッキングやら果物やらが豊富に揃っていて、私も何度かそこに煙草や携帯の充電器などのおつかいにやらされていた。

「オーナー、毎日来ててん。いい加減、顔も覚えて。私その頃、親が借金作って逃げて。それで、付き合ってた人に、話したら、厄介やったんやろな、その人も、逃げて。」

ママにそういう不幸な過去があるだろうな、というのは、見た目にもすぐに分かる。背中に「不幸な過去」と刺繍がされていても、誰も笑わないだろう。その通り、と思う。

「どん底で、どうしようもなくて、ある日、パンストの棚整理しとったら、なんか、涙が止まらんくなったんよ。こんな、皆がはきつぶすようなもんを綺麗に並べて、私は何してんのやろう、て。死にたい、て、初めて思った。」

ママ、すぐに死にそう。当時のママの様子を思い浮かべた。今確信した。ママの長い髪は自然に伸びたのではなく、やはり怨念で伸びたのだ。

「そのとき、オーナーがちょうど私を見たんよ。たぶん他にも見てたと思うけど、そうよな、ストッキングの前で号泣してるんやから。そんなときにオーナーが来て、私に言うたんよ、泣いたらあかん。明日通天閣登ろう、て。」

意味が分からない。泣いている女の子のところへ行って、理由も聞かず、泣いたらあかん、挙句、通天閣登ろう。オーナーの得意げな顔は浮かぶけど、まったく意味が分からない。

「意味分からんかったんやけど、勢いに負けて、うなずいて。」

阿呆か。

「今日みたいに、あの喫茶店でお茶飲んで、登ったんよ、通天閣。オーナー、しばらく黙って景色を見てて、ほら、今の私みたいに、あの坂を指差したん。……オーナーが十代から店やってての、知ってる?」

「え、はい。」

「何が何でも十代のうちに、て思ってたんやって。家の事情は言わはれへんかったけど、どうしても金持ちにならなあかん理由があったんや、て。オーナー、当時四天王寺さんの南側に住んでてな、ほら、ちょうどあのあたり。」

ママがどこを指差しているか、分からなかった。でも、曖昧にうなずいた。

「毎日ミナミに自転車で通っててんて。皆がタクシー使ってるときに。行きは、いいんやって。坂を下るだけやろ、よっしゃ今日も一日頑張るぞ、て思うんやって。でも、帰り、もう朝になってるやろ、疲れた体で坂上るのが、ものすごいきつかったんやって。でもなんか、絶対に自転車押すのが嫌で、立ち漕ぎして上ってたんやって。」

オーナーの立ち漕ぎ。見たくないけど、想像はつく。ママの不幸よりも、はっきりと。

「でもある日、店で嫌なことあって、金もどうしようもなくなって、ほんまにほんまに疲れて、どうしようもなくて、降りたんやって、自転車。それで、押しながら坂を上ってた。そんときに、ふと振り返ったんやって。そしたら。」

ママは、そこで大きく息を吸い込んだ。その音がシヒューとかそんな音だったので、私はママがガラスの向こうに何かおかしなものを発見してしまったのではないだろうかと、気が気ではなかった。

「通天閣が、朝日を浴びて、じー、と、こっちを見てた。」

ママは急に「〜やって」と言うのをやめた。目を細めて、ぐうと胸に詰まったような声を出して、まるで自分がその通天閣を、朝日を浴びた通天閣を、見たかのようだった。

「じーっと。そんときに、思ってん。ああ、そうか、別に自転車押してもええんや。立ち漕ぎしようが押して歩こうが、坂は坂や。はよ上ってもええけど、そらええけど、自転車降りてゆっくり歩かんかったら、あんな綺麗な通天閣は見えへん。」

ママが、いい話をしようとしている！　まずい、このままいい話の流れで、「やっぱりもう少し、店で頑張ろうよ!」そんな風になるのではないか。

決して感動すまい、心なんて揺り動かされまい、そう強く思い、私はぐっと、下唇を噛んでいた。

「しんどいときは、自転車降りて歩こうな。」

前を見ながらそう言うものだから、私は返事が出来なかった。

「言われてん、オーナーに。しんどいときは、自転車を降りたらええねや。でも、あの坂を毎日上るみたいに、毎日毎日頑張っとったら、いつかええことがあるって。オーナー言うてた。こうやって上から見下ろしとったら、あんときの自分が、自転車を漕ぎながら、必死で坂を上ってるのが見えるんや、て。」

左の耳から入ってくるママの言葉を、脳みそに届かないように慎重に右の耳から出していった。ママの話は、まだ続くんだろうか。

「うちもな、当時のうちに言ってやりたい。あの坂道を、必死で上ってる、借金まみれのうちに、言ってやりたい。あともう少し頑張りや。あともう少し頑張ったら、朝日浴びた綺麗な通天閣を、見ることが出来る。ほんでその通天閣の中から、未来のあんたが、ちょっとだけ幸せになった未来のあんたが、よう頑張ったなぁ、て、じっとあんたのことを、見てるから。」

完璧にまずい。ママが言いながら、涙声になっている。

「もう少し、頑張りや。」

ママの方を見ないようにして、私は見える範囲の電柱の数を数えていた。

「だからチーフも、もう少し、頑張り。」

ほらきた。きましたよ。

「店は、やめてええんよ。無断欠勤なんて、構わへん。」

肩透かしを食らわせられたような気分だった。告白されたから付き合ってあげる、と言ったら、断られたような。

「オーナーも私も、聞いててん、チーフがいつもトイレの中で、別れたわけやない、て、言い聞かせてるの。」

ママの声が、急に遠くなった。

ガラスが汚い。こう汚くては、景色がぼやけて、うまく見えない。

「ゆっくりでええから、坂上ろう。きっと綺麗な通天閣が、見えるから。ほんでチーフも、いつか、この高みから、いつかの自分を、見下ろせる日が来るから。」

くそ、こんな汚い窓、ぼやけて、なんだこれ。

「頑張ったなぁ、て褒めてあげる日が、くるから。」

視界がぼやける。ガラスを拭きたい。そう思った。私ならガラスワイパーと、乾いた雑巾を使って、ピカピカに磨き上げることが出来るのに。

ママにハンカチを渡された。使うのが悔しいので、断って、そのままでいた。ママはじっと景色を眺めている。

「私たちは、別れたわけではない。」

その言葉を聞かれていたなんて、恥ずかしさで、このままここから飛び降りてしまいたい。ママもオーナーも趣味が悪い。従業員の独り言を聞いて、勝手に私生活を想像しやがって。

「降りよか。」

ママが言った。でも私は、もう少しここにいると言って、そこで別れた。もうママには二度と会わないだろうと思った。

思い出した。小さな頃ここには、やっぱりお母さんとふたりだけで来た。あの男は、もう私たちの元から去っていった後だった。
そういえばお母さんは、私の前では、ちっとも泣かなかった。

# 十五

「あ〜、ちょっと、ちょっと、あんた、そこの。あんたあっ。」

交番の前を通りかかったとき、いつも阿呆面で耳かきをしている警官が、誰かに高圧的な態度で話しかけている。たまに仕事をしてると思ったらこれかと、呆れた気持ちでそちらを見て、驚いた。そいつははっきりと、俺の目を見て言っていたのだ。

「え?」

半ば裏返ってしまった声を恥ずかしく思いながら、何故自分が呼び止められているのか分からないままに、自転車を停めた。ぎゅいっ、自転車は嫌な音を立て、今さらながら俺は新入りのそれと俺のを交換してやろうと言ったことを後悔した。もともと出前用の自転車なのだから、意外と乗りやすいのかもしれないと思って跨《また》ったが、とんでもない。パンクを放っておいた報いか、サドルは鉛のように重く、チェーンは泣き叫んでいるような音を立て、ブレーキがちびとしか利かない。普通に漕ごうと思っても、のろのろと蛇行の姿勢をとる。こんな自転車でよくもまあ出勤してくるものだと、呆れたような尊敬したような気持ちになった。

「なんですか？」

よっこいしょ、とスタンドをあげ、警官に言うと、警官は胡散臭そうな顔を俺と、自転車に向けた。ドキリとした。そうだ。この自転車は……。

「これ、お宅のん？」

いつもの耳かきのくせだろうか、ボールペンを耳にごりごりと差し入れながら、警官が聞いてくる。いかん。完全に不利だ。

「い、い、いいえ。」

新入りの「あ行」どもりがうつった。自転車なんて、交換しなければ良かった。

「ちょっと、あんたどこ行くの。」

「あ、あの、家へ。」

「家へやないやろう、この自転車どないすんのん。」

「い、いえ、これは、僕のんと違うんです。」

「じゃあ誰のん。」

「ともだち。」

言って、赤面した。言うに事欠いて、工場の後輩を、友達だとは！

「工場の新入りのんです。」

「工場？　新入り？　まあええわ、ちょっと来て。」

俺はスタンドをあげ、自転車をのろのろと押しながら、警官のあとに続いて交番に入った。交番なんかに入るのは、生まれて初めての経験だ。財布を拾ったこともないし、痴漢に間違われたこともない、この俺。

「はいそこ、座って。」

警官は、高圧的な態度を緩めない。もう駄目だ。俺は完全に自転車ドロと思われている。しかも、言い訳の仕様がない。新入りのもの、と言ったが、結局それも新入りが盗んだもの。俺は免れても、新入りが捕まるのは目に見えている。今日子供が生まれたばかりの新入りに、それは酷ではないか。

俺はあきらめて、全ての罪をかぶろうと決心した。

いつの間にかもう一人、初老の警官が出てきて、表に停めた自転車を検分している。書類をちらちらと見ながら、ああ、と得心したような声を出し、こちらに向いた。

「これ、さつきうどんの自転車や。」

さつきうどん。きのこあんかけうどん。きのこあんかけうどん！　なんと、新入りがそこで働いていたのだ。俺の、こんな近くで。

俺は妙に興奮した。人の縁、というものを感ぜずにおられなかった。工場に新入りが入る随分前から、俺たちは会っていたかもしれないのだ。

それにしても。

これだけ近くにいた人間同士、こうも違うものか。いや、違わないと思っていた。ここいらに住んでいる人間は皆、俺のような人生を歩んでいるものだと、思っていた。でも、どうだ。ひとりは自分の盗んだ自転車の罪を知らぬ間に免れ、挙句、これから家庭を築こうとしている。自分の娘を、自分の手で育てる、まっとうな生活をしようとしている。それに比べて、もうひとりは、何だ。たまたま親切心で交換した盗難自転車の濡れ衣をかぶり、家に帰ればオカマの隣人に尻を狙われ、お稲荷さんとざる蕎麦セットを食べ続けて、脚気で死のうとしている。そして俺が死んだそのことで、嘆く奴は数えるほどもいないだろう。

情けなくて、情けなくて、本当に死にたくなった。

そうだ。俺は、死にたい。なんだこの人生は。なんだこの、人生は。

若い警官は、俺のそんな懊悩《おうのう》を知らず、ほう、と呆けたような声を出し、改めて俺に向き直った。

そのとき、

「身投げやっ！」

鋭いおっさんの声が聞こえた。それと同時に、俄《にわ》かに外が騒がしくなった。

何事かと外を見ると、通天閣の周り、ちょうどあの喫茶店を囲むようにして、人だかりが出来ている。皆一様に上を見上げ、指を差したり大声で叫んだりしている。

「ちっ。」

若い方が舌打ちをし、俺にそのままそこにいろ、というようなことを言って、外に出て行った。そんなことを言われても、すぐそこで身投げが行われようとしているときに、ぼうっと座ってもいられない。しかも、俺が死にたい、と思ったまさにそのときの出来事だ。俺は妙な親近感を覚え、遅れて走り出した年寄りの警官の後について、現場に向かった。

死にたいと思ってる奴は、どんな奴だ。

俺以外につまらない人生を歩んでいるのは、どんな奴だ。
その顔を、拝んでやりたかった。

# 十六

ビリケンさんの足の裏を、誰にも見られていないときに、そっと撫でてみた。驚くほど磨り減っている。ああ皆、嘘だと分かっていても、幸せが訪れるというその噂を、信じたいのだなぁと思った。阿呆め、そう思って、安心した。足の裏撫でただけで、幸せなんてやってくるわけないでしょう。そう思って、安心した。

ママに先に帰ってもらったのは正解だった。私は思ったよりも長く、ここにいる。自分の住んでいる場所を、こんな高いところから見下ろすのはなかなか新鮮だったし、一人でプリクラを撮るのも新鮮だった。思い切ってどこかに貼ってやろうかと思ったけれど、万が一、本当に万が一誰か知っている人に見られると恥ずかしいので、我慢した。

それにしても、ママの話は、臭かった。ぷんぷん臭った。あんな臭い話で、私の元気が戻るなどと思われていたら、本当に迷惑だ。ビリケンさんを撫でる人と一緒だ。

こんな胡散臭い顔をした、悪いキューピーみたいな銅像を撫でて、幸せが訪れるわけがない。あんな話で、私のこの傷ついた心が、元に戻るわけがない。まして店に戻るなんて、もってのほかだ。

実家に帰ろう。そう思った。これからは、マメのいた記憶を消すことだけに専念しよう。義父がいて気まずいけど、お母さんは帰って来てほしがってたし、何か新しいバイトを探して、一日家を空ければいい。そして、痩せよう。マメの好みになるのではない。決して。でも、少なくともマメが惚れている女よりは、痩せよう。

マメ。マメにとって私は、何だったのだろう。

一緒に暮らした日々は、何だったのだろう。

マメを信じた心は、何だったのだろう。

もう一度、「北」側に行ってみた。日はすっかりと落ち、暗い中に町の明りがぽちぽちと光を投げかけている。綺麗、とはいえない。大阪城のライトアップがこざかしい。家はちっとも見えない。私たちが暮らした、あの家は。

前を見ると、私がこちらをじっと見ている。やっぱりガラスが、とても汚い。ガラスワイパーをしたい。もう、自分の顔を見ながら、変な独り言を言わなくていいのだ。

ガラスを綺麗にすることだけに専念して、そして汗をたくさんかきたい。

下を見てみた。ママが指差した坂が見える。あの坂を、自転車で何往復もしてやろうか。立ち漕ぎで、何往復も。いつか私も、この高みから、いつかの自分を見る日が来る？　来る？　何言ってんだ、来るわけない。ははは、見て、あの坂。暗くて、なーんにも、見えない。やっぱり暗くて、汚くて、なーんにも、見えない。

マメにとって私は、何だったのだろう。

あの男がお母さんから去って行ったとき、お母さんはどうして泣かなかったのだろうか。それとも、泣いたのだろうか。今の私みたいに、通天閣の汚いガラスに、自分の顔を映して、胸がちぎれそうなくらい、泣いたのだろうか。愛されていたという実感を失って、綺麗さっぱり失って、後に、何が残ったのだろう。それをどんな風に、噛み締めていたのだろう。

マメ。マメがいない私は、どうすればいいのだろう。

「何やあれ、身投げちゃうか？」

そのとき、後ろで、声が聞こえた。

体が、びくりと震えた。

下を見下ろしながらぐしゅぐしゅと泣いているから、そう思われたのだろうか。身投げといったって、ガラスがあるから、飛び降りたりは出来ないではないか。腹が立って振り返ると、声の主は大慌てで「南」側から下を覗いている。なんだ、他の人か。そう思って、はっとした。

死のうとしているのか。そういう手もあるのか。

もう一度、自分の顔を見た。心臓が、どきどきと高鳴った。

この近くに、死のうとしている人がいる。己の不幸を呪って、死のうとしている人。

よし、そいつの顔を、見てやろう。

私とどっちが不幸か、比べてやろう。

私はおっさんが駆け出す後について階段を降り、ちょうど来ていたエレベーターに、滑るようにして乗り込んだ。ゆっくりと下降する中で、大阪の絵が蛍光色に明滅している。足元がふわりと浮いた。空に身を投げ出すのは、どんな気分だろう。

不幸な女。

死にたくなるほど、不幸な女。あんたの顔を、見てやろう。

「姉ちゃん、身投げやで。」

一緒に乗っていたおっさんが、興奮した口調で言った。

# 十七

人混みをかきわけながら上を見上げると、通天閣の赤い光が目に射し込むように痛かった。目が慣れると、「日立コンピュータ」が、今日もいやに景気の良い明るさで、そこにあった。視線を動かすと、明るさと反対に黒いシルエットになった鉄筋の上で、もぞもぞと動く影があった。

身投げをしようとしている人間だった。

「くそっ、鉄柱登りよったんか。誰か、止めへんかったんかいな。」

警官は面倒臭そうにそう呟《つぶや》き、思いついたように俺を見た。そうだ、きっと俺の自転車騒ぎにかかずらっている間に、これは起こったのだろう。俺は目をそらし、もっとよく見ようと、目をこらした。

警官が懐中電灯で照らす。男か女かも分からないが、水色の上着を着ているのだけは分かる。恐怖からか、興奮からか、ぶるぶると震えている。地上、およそ二十メートル。死ぬには十分な高さだ。

「ちょっと、あんた、あんたぁっ。」

若い警官は、盗難自転車に乗った俺に話しかけたときと同じ口調で、その人物に声をかける。周りの人間は、飛び降りれいっ、早まるなー、など、無責任な野次を飛ばしている。

「何を思たんか知らんけどな、降りてきなさいっ。」

そんな適当な言葉をかけられて、降りてくるはずがないだろう。その証拠に、影は上着の裾をひらひらと揺らしたまま、その場を離れない。水色のそれが赤いライトに照らされ、夕焼けの橙《だいだい》色のようにも見える。

「降りてきなさぁいっ。」

警官の、間延びした声が響く。もう少し切迫した声を出せないものか。今目の前で、一人の人間が死のうとしているのに、盗難自転車の出自を大声で聞いているだけのような、そんな雰囲気だ。

ふと周りを見ると、見上げたままの姿勢が辛いのか、座り込んでワンカップ大関を飲みながら見物を決め込んでいる親爺や、子供にせがまれ、パンダでも見せるみたいに肩車をしている太った母親もいる。

思い出して、タクシー乗り場を見た。

いた。

今日もあのジジイが、立っていた。上を見上げることもなく、ただただ、列に滞りがないか、それだけを見ている。左腕の裾が、通天閣の鉄筋でまさに死のうとしている誰かの、その水色の裾と同じように、ひらひらと揺れている。

こんなものだ。

皆、人の死なんて、こんな程度にしか思っていない。

ワンカップのアテ、ちょっと流行の珍獣ほどでしかなく、そしてタクシーの列が空くことよりも、取るに足らない。

いわんや俺のように、何の身寄りもいない男の死など、もってのほかだろう。俺が死のうが、生きようが、あいつらの生活は何も変わらない。

誰の生活も、何も変わらない。

「顔、見えたぞおっ。」

誰かが叫んだ。皆、おお、と歓声をあげた。つられて見あげると、なるほど水色の影から、そいつが顔を出していた。ぶるぶると震え、口をぱくぱくと開け、何か言っている。大きく開けた口は、真っ暗な洞穴のような。俺はその顔を、表情を、とてもよく知っている。

「ジム・キャリーはMr.ダマー」だ。

＊

人だかりが出来ている。やっぱり身投げは、本当のようだった。こんなものを見るのは、初めてだ。ふらふらと近づくと、横にいたおばさんにぶつかられた。皆、興奮していた。

「飛び降りれー！」「こっち向けー！」そんな叫び声が、そこかしこから聞こえる。

警官が人だかりの真ん中で、何か話しかけている。周りが騒がしくてあまり聞こえないけれど、おそらく「降りて来い」だとか「早まるな」だとか、月並みなことを言っているのだろう。

懐中電灯の照らしている先を見てみた。

どんな女だ。心臓がどきどきと高鳴った。私も、異様に興奮していた。

懐中電灯の光が、手探りをするように鉄柱を照らす。きらりと光った、暗い人影を見て、心臓がひときわ大きく鳴った。ひらひらと揺れる裾、水色の、上着。


あれは、ママではないか。


ママが、この世をのろって中空を飛ぶ様が、鮮明に目に浮かんだ。黒い髪の毛をなびかせ、何かをぶつぶつと唱えながら、そのままふわりと飛んでいく様が、はっきりと浮かんだ。

さっきあれだけいい話をしようとしてたママが。

頑張ろう、もう少し頑張ろう、そう言っていたママが。

足が、がくがくと震えた。目をつむりたかったけれど、出来なかった。

そのとき、人影が振り返った。私は反射的に、一歩前へ出た。その人の顔を見て、

「ああ。」

ため息が出た。

それは、男だった。いかにもオタク的な男、日本橋のエロ書店でよく見る手合いだった。

体の力が抜けた。

なんだ、ママじゃない。なんだ、なんだ。

急激に訪れた安心感は、そのまま何故だか「裏切られた」という感情に変わり、今度は腹が立ってきた。

なんだ。はよ、死ね。

男は、怯えた目で、何かをじっと見つめている。その汚なく濁った目が、全てを物語っていた。はは、自分はこの世に無用だから、死にたい、とそういうわけだろう。

なーんだ。はよ、死ね！

こうやって周りに「死ぬ、死ぬ」宣告してる奴は、死ぬ気なんてない。誰かに止めてほしい、目立ちたいから、こんな人目につく場所で騒いでいるのだ。

そういう気持ちがありありと見て取れる。うざい。

さっさと、死ね！

＊

うめき声をたてた俺を、横に立っていたおっさんがちらりと見たが、またすぐに上を向いた。そして、叫んだ。

「おーい！　はよ、飛び降りれいっ！」

ダマーは、こちらをじっと見ている。俺を見ているのではないだろう、そもそもあんな高みから、俺のことを見分けられるわけはない。そう分かっているのに、どうもあいつと目が合っている気がしてならなかった。

ここからでも、眼鏡がびっちり曇っているのは分かる。脂で変な虹色になった眼鏡、汗ばんだ手、水色のパーカーの下は山吹色のセーター、パジャマは薄汚れた肌色、足元には黄緑のサンダル、いや違う。今日は、運動靴を履いている。薄汚れた、白いスニーカーだ。左足の靴紐が、ほどけてぶらぶらと揺れている。

それらすべてが、手に取るように分かる。

「……………！」

ダマーは、何か言っている。聞こえない。

「何や、何か言いたいことあるなら言いなさあいっ！」

警官は、相変わらず間抜けた声だ。まるでもう、最後の言葉を聞いてやるから、さっさと死んでしまいなさい、とでも言うような。

「……なんて、」

ダマーの声は、女の嬌声のように聞こえる。あの声に、俺は何度煩わされたことか。もしここでダマーが死ねば、あのうっとうしい声を聞くことは二度と無いし、尻を狙われる恐怖に怯えることもないのか。そう思って、背中がぞくりとした。どうして「ぞくり」としたのか分からない。でもその「ぞくり」は、俺の体を覆い尽くし、気が付けば俺もダマーのように、がたがたと震えているのだった。

「僕なんてぇ、おらんでもええのよんっ！」

ダマーは叫んだ。女がケラケラと笑っているような声で。

「僕なんてぇ、死んでも、誰も悲しまへんのよんっ！」

俺が思っていたまさにその言葉を、ダマーは叫ぶ。

人だかりはどんどん増える。これだと、あいつの思う壺だ。そう思うと悔しいけど、自分もその場を動けないのだから、あいつの高鳴る気持ちを助長させるのに、一役買っているのだ。

＊

「おーいっ、はよ飛び降りれいっ！」

誰かが叫んだ。サーカスでも見ているような声だった。警官が「やめなさい」とたしなめているけど、さっきからこの警官が一番「早く死ね」と思っているような気がしてしかたがない。生きるのか死ぬのか知らないけど、面倒くさいからさっさとしてくれ、というような雰囲気が、発せられる言葉のはしばしから見て取れる。

「僕なんてぇ、おらんでもええのよんっ！」

男が叫んだ。男が初めて声を出したことで、皆一瞬しんと静まり返った。甲高い、コウモリみたいな気持ちの悪い声だった。

そのとき、ジーッという音が聞こえた。私のカバンの中からだった。

ビデオカメラだ。

覗いてみると、録画の赤いランプがついているのが見える。何かの拍子に、押してしまったのだろう。はは、ラッキー。こんな機会、滅多にない。映像を撮るのは不謹慎だけど、声くらいはいいだろう。それともマメだったら、堂々とビデオをかまえて、この状況を撮っていただろうか。いや、マメもそんな大胆なことはしないだろう。

でも、マメが惚れた女だったら？

「尊敬できる」「キラキラしてる」女だったら？

考えようとしたら、急激に頭に血が上った。夢を追いかけている姿が綺麗？　作品に惚れた？　うるせえ馬鹿野郎。夢を持っていないと、いけないのか。ニューヨーク行って、それが格好いいのか。私にとって夢は、あんたのお嫁さんになることだったんだ。その夢は、どこか間違っていたのか。

「僕なんてぇ、死んでも、誰も悲しまへんのよんっ！」

私はカバンからビデオカメラを取り出し、頭上にかざした。きちんと写っているかは分からない。でも、私は今この状況を、ビデオカメラに撮っていますよ、不謹慎ですか、というポーズをした。白目になるくらい、空中を睨んだ。

まわりの人が私を見たけど、何も言われなかった。

＊

誰か、言ってやってくれ。俺はそう思った。にやにやと笑っているジジイ、鼻くそをほじくっているガキ、懐中電灯を揺らしている警官。

そんなことはない。悲しい。お前が死んだら、悲しい。

そう、言ってやってくれと、思った。

ダマーにではない。そう、ダマーにでは、なかった。

俺に。この俺に、そう言ってくれ。

俺はダマーをすかして見える、俺の姿を見て、ぶるぶると震えていた。

「僕なんてぇ、僕なんてぇっ！」

力みすぎたのか、ダマーの体が、ぐらりと揺れた。野次馬たちはおおっと声をあげ、ワンカップ大関のおっさんが興奮して立ち上がった。

「死んでも、何も変わらへんのよんっ！」

運動靴が落ちてきた。それはくるくると舞う葉っぱのように頭上を旋回し、そのまま俺めがけて落ちてきた。そう、俺めがけて落ちてきた。皆声をあげて逃げたが、俺は、どかなかった。運動靴は俺の左耳をかすめ、地面にぼとりと落ちた。驚くほど、大きな音だった。

その音で、俺は、我に返ったように、一歩前へ出た。

あいつは、俺の言葉を待っている。そう思った。俺は、俺の言葉を待っている。

「おおいっ!」

こんなでかい声を出したのは、久しぶりだ。

「俺や、分かるやろ、隣の俺やっ‼」

皆が、俺を見た。ダマーも、はっきりと俺を見ていた。俺たちはやはり、しっかりと目が合っていたのだ。

「死ぬなっ。」

言っていて、耳が赤くなるのが分かった。何を言っているのだ。さっきまで死にたいと、こんな人生なら死んだほうがましだと思っていたのは、俺ではないか。

こんな俺の言うことに、何の説得力があろうか。

「死ぬなっ！」

それでも、叫ぶのを止めることは出来なかった。ふと見ると、「大将」の親爺と、あの太った女が、走りこんできていた。その隣で、あろうことか、若い女がビデオカメラを構えている。やめろ。なんだってそんなことをするのだ。ひとりの男が、死のうとしているんだ。どうしてそんな、悠長なことをするのだ。

一緒に言ってくれ。

死ぬな、悲しいと、一緒に言ってくれ！

*

誰かにぶつかられて、ビデオカメラが揺れた。

持ちなれていないから、ぐらぐらと揺れて落ち着かない。片手で持つのをやめて、両手でかまえて、本格的に撮ることにした。どうせ、誰も何も言わない。この映像を誰かに見せるつもりもないし、もう一度見直すつもりもない。

男の体が、大きくかしいだ。太っているから、バランスが取れないのだろう。皆、歓声をあげて動くものだから、両手で持っていても映像がブレた。落ちるのか。でも、男は落ちなかった。それどころか、さっきより必死に、鉄柱にしがみついている。レンズ越しに見る男はどこか輪郭がぎざぎざとしていて、とても不吉だ。防犯カメラに写った犯人、という風。被害者面をして世を嘆いているけど、どうせこの世にいたって何も役に立たないのだから、死ねばいいではないかと思う。

「おおいっ!」

そのとき、皆の歓声をさえぎる、一際大きな声があがった。皆、一瞬ぴたりと動きを止めたほどだった。

思わずカメラを向けた。ここからだと、警官の陰になっていて見えない。

「俺やっ! 分かるやろっ!……。」

でも次の言葉は、何を言っているのか聞き取れなかった。知り合いか何かか、警官が呼んだのか。籠城している犯人に肉親を会わすというような、あの作戦だろうか。

「死ぬなっ!」

また、あたりをつらぬく、大きな声だった。

ああいう人がいるから、調子に乗るのだ。死ぬと決めたのだったら、誰にも迷惑をかけずに死ねばいい。こうやってわざわざ人を集めやがって。厚かましいにもほどがある。

あんな、気持ち悪い風体をして。

また大きくぶつかられた。今度こそ睨むと、割烹着の親爺と、エプロンをした女だった。女は、顔をゆがめて、

「すみません。」

と、言った。私のビデオカメラを、とがめるような顔で見たけど、私はふん、と言い、かまわず撮り続けた。あんただって、野次馬で来てるんだ。あんただって、同罪だ。心配しているような顔をして、本当はこう思っているのだろう。

『早く、死んでしまえ！』

＊

ダマーは、俺の顔を見ていた。死ぬな、と言った俺の顔を、じっと見ていた。震えているのか、それか風のせいか。震えた声で、こう叫び返してきた。

「そそ、そんなん言うてぇ、僕が生きてても、何も役に立てへんのよんっ！」

やっぱりだ。あいつは、死ぬと完璧に決めたわけではない。迷っているのだ。止めてほしいのだ。お前はこの世に有用な人物だ、お前がいないと困ると、言ってほしいのだ。

俺はもう一度、叫ぼうと思った。

「大将」の女と、目が合った気がした。いいや、違う。脳裏に浮かんだだけだ。困ったような顔をして笑っている女の顔が、脳裏に浮かんだだけだった。女の顔はいつの間にか、違う女の顔になり、にっこりと笑って、

「いつもの？」

そう言った。俺が捨てた女が、そう言って笑っていた。

俺に、何が言えるのだ。

ダマーをうとみ、片腕のジジイを笑い、オカマの親爺を見下していた。そして、その先に見える自分に、絶望していた。でも俺は、何も変わらない。ダマーと、ジジイ

と、オカマと、何も変わらない。俺には、何もない。

そんな俺に、何が言えるのだ。

そのとき、皆があぁ、と声を挙げた。ダマーが、片腕を離した。

ダマーはぶるぶると震えながら、半ば挑戦的に、俺の目を見ていた。

もう死ぬど、その目は、そう言っていた。

お前の嘘など、お見通しだ、お前が俺のことを、うっとうしいオカマだと思っているのは、お見通しだ。

俺のことなんて死んでも、お前は悲しまない。そう言っていた。

俺の手は、汗でぐっしょりと濡れている。あまりの寒さで、そこからもうもうと蒸気が立っている。足元が、すくわれそうな気がした。握った手のひらを、開くことができなかった。ダマーの、あの目。あの目に見られると、その場を動くことができなかった。

そのとき、目の前を、白いものがかすめた。

豆粒のような大きさの、頼りない、白い塊が揺れた。

見上げると、通天閣の赤い光を反射して、それは赤い蛍のように見えた。

＊

男が、片手を離した。エプロンの女が、隣で祈っている。口の中でぶつぶつと何か言っていて、それがとても耳障りだった。黙れ、そう言いたかったけど、私はそのとき、ある考えにとりつかれていて、声を出すことが出来なかった。

あれが、自分だったら。

マメの前で、「死ぬ、死んでやる」と、言ったら。

マメも、どうせ死なないだろう、と思うだろうか。今の私のように。ああ、マメの前で、潔く宙に舞いたい。地面に叩きつけられるのは嫌だけど、痛いと思う前に、死ぬことができるはずだ。

血だらけの私を見て、マメは後悔するだろう。ぐちゃぐちゃの私を見て、マメは悪夢にさいなまれるだろう。この先一生、私のことを、忘れることはないだろう。

でも、大切なものを失ったと、思ってくれるだろうか。

私のことを失って、心から、泣いてくれるだろうか。

お母さんの、あの男みたいに、マメは一瞬でも、本当に本当に、私のことを愛してくれていたのだろうか。

そのとき、私のおでこに、何か冷たいものが当たった。

悲しくて、辛くて、びりびりに破れてしまいそうだと思っていた私のおでこに、何か当たった。それはひんやりと冷たくて、驚くほど軽くて、そこいら中の音をうばってしまう、不思議な塊だった。

そしてそれは、何故か、とても良い匂いがした。

「ああ。」

私は、声を出した。雪だ。小さな頃、大好きだった雪。

私は雪が降ると、いつもとても嬉しかった。私が生まれた日も、雪が降っていたのだと、お母さんが言っていた。お父さんはそばにいなかったけれど、この雪が、あんたのことを祝福してくれていると、思ったのだと。

「あんたの名前はな、その雪から、取ってんやで。」

私は大きく口を開けて、何か言おうとした。画面に映る、不鮮明な雪を見ながら、何か言おうとした。言わないと、泣いてしまうと思った。泣いてしまう、泣いてしまう。くそ！

だから私は、大声を出した。

# 十八

「雪やっ！」

声が聞こえた。ひらひらと舞う赤い蛍の中で、それはまっすぐに、俺の耳に届いた。

背中を、ぐんと押されたような気がした。

あのガキの声が、はっきりと聞こえた。

顔も忘れたなんて、嘘だ。はっきりと、覚えている。忘れられるものか！

俺の手渡すコーンスープを、宝物を受け取る従者のように、うやうやしく両手で受け取った。そのときの、あいつの顔。嬉しそうに笑う、不細工な、あいつの顔。開けて、と言うときの、恥ずかしそうな声。爪先立って真っ赤になった、あいつの小さな足。

どうしてあいつを、愛してやることが出来なかったのだろう。

俺の子供に、なれるはずはなかった。女のガキなんて、育てることは不可能だった。でも、愛してやることは出来た。お前が必要だと、言ってやることは出来た。それがフリでも、そうしてやれる余裕さえ、俺にはなかったのか。

あいつはまだ、ほんの子供だったのに。

父親を知らない、小さな小さなガキだったのに。

「おいっ。」

また、皆が俺を見た。ダマーはもう一足の靴を落とし、目を閉じていた。そのとき初めて、あいつの本当の目を見た気がした。黒く縁取られた、不吉な目を見た気がした。

あいつを、絶対に死なせてはならない。あいつが、恥ずかしい思いで降りてくるのではなく、仕方がなく、堂々と地上に降りてこれるような、自分はこの世界で有用な人間なのだと、思わせるような、何かを。言葉を。

ちらりと見ると、太い女が、俺をじっと見ている。何を言うのかと、期待している目だ。間違いない、あいつは俺に、惚れている！　髪の毛の男など、あいつの眼中にない、あいつが見ているのは、俺だけなのだ。

俺だって。俺だって！

俺はもう一度ダマーを見据え、大きく息を吸った。そして、叫んだ。

＊

皆が一斉にこちらを見た。雪は、はらはらと落ち、皆の視界をかすめた。

こんな日に死ねるのは、いいなぁ。こんな雪の降る、綺麗な日に死ねるのは、いいなぁ。

画面に映る男は、寒さからか、恐怖からか、ぶるぶると震え、雪が降っていることになど、ちっとも頓着していないように見えた。なんとか、知らせることは出来ないものか、雪が降っているのだということを。こんなに綺麗な雪が、はらはらと降っていることを。

私があれだけ大きな声で叫んだのに、男は相変わらず、絶望した顔で、空ではなく、地面をじっと、見ているのだった。

「おいっ。」

そのとき、あたりをつんざく声が聞こえた。またあの男だ。隣の女が、ごくりと喉を鳴らすのが分かった。鉄柱の男は、はっとした表情で、声のする方へ顔を向けた。

一瞬の間、男がすうと、息を吸うのが聞こえるほど、あたりが静まり返った。

**「お前のことがっ、好きやあああああああああああっ!!!」**

ビデオカメラを、取り落としそうになった。画面はがくんと揺れ、レンズについていた雪が滑り落ちた。

おばちゃんもおっさんもおばあちゃんも警官も、皆、体をびくっと、大きく震わせた。

こんな街中で、山びこのようなものを聞くとは、思わなかった。おっさんの声は中空に響き、身投げを知らない遠くの住人にまで届いたはずだ。

**「俺にはお前が、必要やっっ！！」**

なんだあいつ、ホモだったのか。ホモの痴話喧嘩か！

**「死なんといてくれえええええええええっ！」**

＊

隣にいた警官が、がくんと大きく体を揺らした。俺の声の大きさにびびったのか、それとも内容にか。俺の肩に手をかけ、何か言おうとしているようだが、驚きすぎて、声が出ないようだ。

声が枯れるまで叫ぼうと、決めていた。

俺が、あのガキに言えなかった分。俺が、あいつに言えなかった分。

それを全部吐き出そうと、決めていた。

皆が呆気に取られているのが分かった。馬鹿にしている奴、気色悪がっている奴、それら全てが、はっきりと見えた。でも、それも途中から、見えなくなった。

大雨の夜のように、前がはっきりと見えなくなった。何故だろうと思っていたら、ああ俺は、泣いているのだった。

昨日の夜のように、涙をぼたぼたと流して、泣いているのだった。

「雪やっ！」

声が消えない。二十年ぶりに聞こえたその声は、誰が発したのか、そもそもそれは、本当に聞こえたのか、俺には分からなかった。

「雪やっ！」

俺には、お前が必要だった。

お前は、皆に愛されるべきガキだった。

捨てていった俺を、恨んでいてもいい。どんな風に思っていてくれてもいいから、せめて、せめて、幸せでいてほしい。

幸せでいてほしい！

＊

ピューッとか、いよっ、という合いの手が、方々から聞こえた。兄ちゃん、こう言うてんねや、降りて来い！ と言う声、取り残されたらあの人が不憫やないか、と言う声。あたりはそんな声、声、声、でにわかに騒がしくなった。

一気に「生きろ」ムードになった。祭のように、急に賑やかになった界隈は、皆が手拍子せんばかりの「生きてくれ」ムードになった。

私は、ビデオカメラを持ち直して、今度ははっきりと、男の方に向けた。

Tを押すと、近く。もっと、もっと、近く。

アップにしすぎると、男の顔は不鮮明になる。でも男の肌が汚いこと、鼻水と涙でぐちゃぐちゃになっていることは、はっきりと分かった。本当に汚かった。この世に無用だと言うあんたの言葉は間違っていない、と思わせるような、そんな男だった。

「うわ、ひどい顔やな。」

後ろのおばちゃんが、私のビデオカメラを覗きこみながら言った。それから、

「姉ちゃん、それ、ダビングしてや。」と、小さな声で言った。じゃかましい、黙れババァ。黙れ。だって私は、私は、男の顔に夢中になっていたのだ。

男は、その汚い眼鏡の奥で、一瞬、ものすごく幸せそうな顔をした。そんな気がした。

鼻水と涙で、顔をぐちゃぐちゃに汚し、開きっぱなしの毛穴を寒風にさらして、ホモの彼氏の、大声の告白を聞いている、あの男。皆が、あいつだったら死んでもええやろ、そう思ってしまったであろう、汚い、気色の悪い男。その男が、恵まれたお姫様のような、花をもらった女学生のような、なんとも幸せで、可憐な表情をした。やっぱり、気のせいじゃない、絶対、した。

あの男が、とても美しいものに見えた。

ああ、ちくしょう。

誰かに愛されている人間は、あんな表情をするのか。

「降りてきてくれえっっっ！」

おっさんの汚い泣き声が、まだ聞こえる。ここからでは見えないけど、きっとおっさんも、通天閣の鉄柱で震えている、あの男のように、どうしようもなく汚い顔をしているのだろう。あんな男を好きになるくらいだ、きっとどうしようもなく、死んでもいい、と誰からも思われているような輩だろう。

でも、きっと、とても美しい表情をしているのだろう。

誰かを愛している、とても美しい表情をしているのだろう。

ちくしょう。ああ、ちくしょう。このやろう、マメ、ちくしょう。私、ちくしょう！

空を見上げた。

雪が、じゃんじゃん降ってくる。小さな頃、大好きだった雪が、私たちめがけて、阿呆のように落ちてくる。いえーい、振り出しに、戻しまっせ！　わしら、白いでっさかい！　そんな風に、言ってる気がする。じゃんじゃんじゃんじゃん、降ってくる。通天閣は、静かに、静かに、雪に打たれている。ピー、ピー、と音がして、画面が切れた。私はしばらく、真っ黒になったそれを、じっと見ていた。

愛されたい。私も、誰かに愛されたい。

通天閣が、立っている。何してても、ええですがな、そんな風に。いつまでも、いつまでもそこに立っている。

雪ちゃん、充電いうのは意外と、時間がかかるもんでっせ。

# 十九

『雪が降っている。俺は自転車に乗っている。しばらくのろのろと漕いでいると、左腕の無い子供が走りよってきて、「その自転車、格好ええなあ、ええなぁ」と言う。あんまり言うから、それをやると子供は何度も礼を言って、高すぎるサドルに跨り、器用に右腕だけで運転して行った。雪はどんどん降り、いつしかそこいら中を真っ白にする。そうか、俺は夢を見ている。歩くたび、ぎゅ、ぎゅ、と音がする。ポケットに手を入れると、見覚えのない鍵が入っていた。それを雪に投げ捨てると、そのまま雪の上で溶けてしまった。ははは、やった！　そんな風に大声を出し、空を見上げた。するると、通天閣が立っている。土筆《つくし》が芽吹いていくように、男が勃起するように、大木が木陰を作るように、通天閣が立っている。笑っている。怒っている。黙っている。思い出している。忘れようとしている。許している。壊れている。飽きている。楽しんでいる。いる。いる。ただ、そこにいる。通天閣が、そこにいる。俺は、夢を見ている。』


四十四にして、前歴がついた。自転車盗難。恥だ。

挙句、俺はちょっとした有名人になってしまった。

ダマーは俺の命がけの説得に応じ、降りてきた。警察に保護され、交番に連れて行かれるとき、あいつはこう言いやがった。

「僕、そういう趣味はないのよん。」

今度こそ、完全に死にたくなった。

皆がおお、とどよめき、方々から、兄ちゃん気にすなや、がんばれ、などの声がかかった。本当に死にたかった。皆の前で腹を裂いて、死にたかった。

「でも、今までこんな風に、人に愛されてると思ったこと、なかった……。」

ダマー。

「僕、もう少し、生きてみようと思うのよん……！」

殺してやる。

皆が拍手をした。ええど、ええどー、と、歓声があがった。皆俺たちのやりとりに、感動しているようだった。俺だけがひとり、絶望のどん底にいた。

ちらりと見ると、あの太った女まで、拍手をしている。隣にいたビデオを撮っていた女は、どこかに行っていた。

太った女は、時々目に手をやり、「じいん」という表情を隠しきれない様子だった。

嘘だ、と言いたかった。

あいつが死なないために、嘘を言ったまでだと言いたかった。しかし、ダマーに「そういう趣味はないのよん」と言われてしまった今、ダマーが俺に惚れていたのを知っていたから、仕方なくそう言ったという言い訳は通用しない。下手な言い訳をすれば、妄想癖が強いオカマの男と思われ、挙句隣の家だということまで知れてしまうと、ストーカーというレッテルまで貼られかねない。

俺だけがただ一方的に、ダマーを恋い焦がれているオカマであるということを、覆すことは不可能だ。俺の人生。

こんな俺の、人生。

時計を見ると、五時だった。明け方だと、すぐに分かった。一日が始まる感じがした。こんな風に目が覚めるのは、久しぶりだ。起きようか、そのままもう一眠りしようか迷う。ＭＡ１の襟がまた、内側に折れている。首が落ち着かないが、直すのも面倒だ。息を吐いてみた。真っ白だ。

天井を見た。暗がりの中で、染みが相変わらず運河のように四方八方に伸びている。この染みはずっと消えないだろう。俺がもしこのマンションを出て行っても、決して消えないだろう。

出窓を見た。釧路の民宿で買った木彫りの鮭の時計、那須高原の大きな絵本屋で買った鳩時計、金の装飾をほどこした旧ナショナルの置時計、基地通りで買ったヘビとマングースが戦っている絵が描かれた時計、マクドナルドのハッピーセットでもらったハンバーグラーの時計、百円ショップで買った紙の手作り時計。どれもやはり、動かない。そろそろ電池を入れてもいいかと思う。これだけの時計がカチカチと鳴りやがったら、相当うるさいだろうが、こいつらも時計として生まれて来た以上、「時を刻む」という仕事を、全うしたいだろう。今日工場から、電池を盗んできてやろう。何、かまうものか。俺の働きぶりと給料を比べて考えてみると、それくらいやってやってもいい。

床を見た。「モーニング」、ラッキーストライクの箱、エリエールティシュー、カエルが大きく口を広げた灰皿、どこかの店のレシートが何枚か、赤い輪ゴムが数本、水道局の請求書、ワイド版「人間交差点」、失敗作の「ライト兄弟」、「ビッグコミック」、お稲荷さんとざる蕎麦セットの空き容器。いつから掃除をしていないだろう。暇なときにでも、軽く綺麗にしてみようか。掃除機は無いが、ティッシュを水に濡らして拭けば、そこそこ綺麗になるだろう。もう少し暖かくなったら、そうしよう。

喉が痛い。あれだけ大声で叫んだのは、久しぶりだった。こめかみに、自分の心臓が移動したようだった。本当に本当に、久しぶりだった。

「もう少し、生きてみようと思うのよん。」

お前のことなど、どうだっていい。

「兄ちゃん、ええど！　わし感動したわっ！」

お前は、どこのどいつだ。

「また、塩やきそば、食べに来てくださいね。」

おべっかを、使うな。

ひとつ、覚えている。

俺が皆に囲まれて死にたくなっているとき、ふと見た先に、あのジジイがいた。タクシーなど一台もいないのに、あのジジイが、そこに立っていた。雪がやんややんやと降りしきる中、俺たちなどには頓着しないで、じっと、そこに立っていた。覚えている。そのとき、俺は思った。

そうだ、それでこそ、お前の人生だ。

窓の外は、まだまだ白んで来なさそうだ。俺は煙草を一本吸い、その煙が流れていくさまを見ながら、やはり、もうしばらく眠ることにした。

# 二十

『おばあさんの後をつけている。のちょのちょと歩くのが遅いから、私は自転車を降りて、ゆっくりゆっくり坂を登った。おばあさんは時々立ち止まり、腰をうんと伸ばす。意味も分からず追跡を続けていると、あまりの寒さに嫌気がさした。もういいや、自転車に跨ろうとすると、オーナーが耳元で、「チーフ、あれ、かんだのオバアやで」と言った。なるほど！　私はとても納得した気持ちで追跡を続けることに決め、嬉しくなって歌う。はよ、もて、こーい、じゃじゃ、もて、こーい。前を向くと、もうかんだのオバアはいない。仕方が無い。自販機で、ファンタでも買おうと思う。落ちてきたのは、コーンスープだった。とても嬉しくなって、空を見上げると、通天閣にちょうど明りが灯った。分かっている。展望台には、あいつがいる。少しひねくれた顔をして、未来の私が、じっと私を見ている。じっと、じっと、見ている。はははは。私は思い出す。そして叫ぶ。「雪やっ！」未来の私が、笑う。』

起きたら五時だった。窓を見ると、もう雪は降っていない。

頭がずきずきと痛み、喉がとても渇いている。昨日は一滴も飲んでいないのに、まるっきり二日酔いの症状だ。冷蔵庫に確かお茶が入っていたと思うけど、そこまで行くのも面倒くさい。息を吐いてみると、案の定、真っ白だった。

灯油販売のトラックが側を通った。「雪やこんこ、あられやこんこ」と、大音量で音楽を流している。これだけ大音量だと、童謡も相当迫力があり、グロテスクに聞こえる。「雪だ、雪が降ってんだから、ほれ、お前ら、外で遊べ、遊べっ!」というような。通りすぎた後のドップラー効果も不気味だ。あの、半音上がる感じ。「枯れ木残らず花が咲く」という文句が、恨み節のように聞こえる。

暇だ。

起きた途端、こんなにも暇だ。私は「雪やこんこ」を半音あげて歌おうとしてみたり、手のひらを口元に持っていって口臭を嗅ごうとしてみたりした。でも、こんなことでは、一日が終わるはずもない。いつもならのろのろと起き上がって、歯を磨いたり、オーナーの文句を言ったり、マメの思い出に浸ったりしていたのだ。

電話が鳴った。体がびくりと震えたけど、絶対に、マメからではない。辛抱強く留守電にかわるのを待っていると、案の定お母さんからだった。

「お母さんでーす。また電話しまーす。」

能天気だ。お母さんも、暇なのだろう。だからといって電話をかけなおして二人で「雪やこんこ」を歌うわけにもいかない。「実家に帰る」ということを、言ってみてもいいかと思ったけど、やっぱりなんとなく、今はまだ言いたくない。

昨日見た光景を、思い出した。

ホモのおっさん、泣き顔のオタク、大絶叫の告白、降り出した雪。私は不覚にも、泣いてしまった。誰に見られるわけでもないのに、恥ずかしくて、私はすぐにその場を去った。ぱちぱち、と音がしたので振り返ると、皆拍手をしていた。

喉が渇いたので、自動販売機でファンタを買った。ファンタなんて、何年ぶりだったろうか。それはしゅわしゅわと喉をくすぐり、恐ろしいくらいの甘さを残して、胃の中に落ちていった。

コタツの上に、ビデオがある。

再生の仕方が分からないから、見ることが出来ない。あの映像を誰かに見せて、それを肴《さかな》に飲みたかった。マメ……、いやもう、思うまい。タッチさんは来ていないだろうし、友達もあらかたいなくなってしまった。この年にして、結婚もしていないのに、飲みに行く友達の一人もいないというのは、相当、相当なのではないか。コンパでもしてもらって、早くカモを見つけたいけど、友達がいなければ、話にならない。

話にならない。

「雪やこんこ」がまた、大音量で流れてきた。うるさいなぁ、そう言いながら、ふと、「サーディン」に行こうか、と思った。やめる、と言っておいてまた、シレーとした顔で行くのは恥ずかしい。でもあの店は、人間の心を持っていない者たちの集まりなのだ。私がやめようがまた来ようが、かまわないのではないか。もし行って、「何しに来たん?」みたいな顔をされたら、「靴を取りに来た」と言おう。今の私には、通天閣で起こった珍事を話すのも、飲みに行くのも、あのうざい店の連中しかいなくなってしまったのだ。

ははは。ははは。

もう一度、息を吐いてみた。白い。でもこの白さも、いつしかなくなるのだろう。春が来たら、それが白かったことなど忘れてしまうのだろう。その頃にはまだ、私は「サーディン」にいるのだろうか。オーナーにイラつかされたり、ママにびびらされたり、千里さんに「マ○コみたいな顔して」と言われたり、お客さんにトイレを覗かれたり、そんなことをしているのだろうか。

こんな私を、誰か愛してくれるのだろうか。

「愛してるううううっっ。」

阿呆のように、誰か叫んでくれるだろうか。

でも、覚えている。あのとき、あの汚いホモ同士のやりとりを見て、私は思ったのだ。愛してくれるのだろうか、ではない。

愛そう。

私の胸の奥の奥の方で、通天閣に降る雪の一粒のように、小さな小さな、でも、はっきりとした予感があった。今度出会えたその人を、阿呆のように愛そう。できるはずだ。私は、お母さんの娘なのだ。

私はもう一度、布団をかぶった。眠ろう。それでもし、出勤に間に合う時間に起きていたら、「サーディン」へ行こう。

目をつむった。布団の中は、なんて暖かいんだろうなんて、そんなことを思っていたら、私はいつの間にか眠っていた。

# 解説　『通天閣』の魔法

津村記久子

この本の二人の主人公の片方が読む雑誌か新聞の中には、「東大阪市の親子（67歳無職・36歳無職）覚せい剤所持で逮捕」という一節が出てくる。そこを読んだ時、わたしはものすごく笑ってしまって、いったん本を伏せて用を足しに行ったのを覚えている。おもしろいものを読んでいるときは、たいていそういうことをする。笑ってしまったところを斟酌して自分の中に定着させるためと、読み進めるのがもったいなくなってくるからだ。

あまりにありそうなことが言い当てられていて、どうにも笑ってしまったのだった。世の中は本当にそういう感じだからだ。ただ、そういう言い当てが実現される状況はとても少ない。でも言われるとおもしろくて笑ってしまう。雑誌の記事の内容を並べる、という状況で、どうやってそんな、意識の底の方からしか拾えないようなヘッドラインを的確に取り出せたのか。西さんにお会いした時に、その部分のことを訊いてみたのだが、「仲のいい親子やったんでしょうねえ」と意外にもあっさりとした返事だった。いや、緊張していたので、ちゃんと訊きたかった所を尋ねられていなかったのだけれども。なんにしろわたしなら、そうでしょうこんなもんでしょうどうでしょうか、とじわじわと自慢してしまう部分なのだ。つまり、すごい技術なのだと思う。西さんが世界を見る「目」には、たぶん、とらえがたく散らばっている破片というか塵というか、そんなものを、ピンセットのワンストロークで拾い上げるような正確な機能がついている。

『通天閣』にはこのレベルの、正確な世界のとらえ方が山のように出てくる。場末のスナックのめちゃくちゃで少し悲しくて笑ってしまう情景、定価百円の懐中電灯「ライト兄弟」を作る工場の様子、そして、もう一人の主人公と恋人のマメが別れるときのこと。その他いくつもの、どの状況にも、この場はこうでしかないのだというリアリティがある。それがあまりに綻びなく構築されていて、読む人間は、べつにそれが泣けるだとかすごくすてきだとか思うわけでもないのに、いやむしろ、なんなんだこのどうしようもない状況は、と眉をひそめもするのに、心のうちでは感動するのだ。

それぞれの場所で生きる、それぞれの人々の欲望や言動や優しさに、はっとするような深みがある。女性の主人公が勤めているスナックのママ（わたしが一番好きな登場人物は彼女だ）は、聞こえないぐらいの小さい声で話す、日本人形のような覇気のない、気弱で名刺を出すのにもべらぼうに時間がかかる不器用な女性なのだが、ある場面で彼女が主人公にかける一言には、胸が詰まるような感触があった。そこでママにその言葉をかけてもらったということに、物語の最大と言ってもよい救いがある。彼女が、彼女の人生について語る場面は、ひどく胸が詰まる。そこには、女が一生を語る時の凄みなどという額面上のものではなく、切実な痛みと、本当にかすかな、嘘くさくない希望がある。

「ライト兄弟」を作る工場では、勤務しているおっさんたちが、楽な種類の台車を奪い合っている。このことが語られる部分も本当に味わい深い。こんな奪い合いは、誰もが好んで口にするたぐいのものではないかもしれないが、確かに世の中にはこういうことはあって、それを改めて文章にされると、笑いながら心を揺さぶられる。ものすごくしらじらしい言い方になるかもしれないが、虚飾を剝がれた人間の根源的な状況、のようなものを、おっさんたちの台車の奪い合いに見ることができるのだ。主人公は、そんな場所で働き、生きている。

そして女性の主人公は、恋人からかけられた別れの言葉に、以下のように反応する。「夢に向かって頑張っていないと駄目なのか、何かを作っていないと駄目なのか。自転車でバイト先に向かい、阿呆の相手をして、マメのことだけを思って眠る生活をしている私は、駄目なのか。

『きらきらと輝いて』いないのか。」

この独白は、この小説が描いている人々のどうしようもない有様を代弁しているようでもある。彼女は、映像作家だという恋人に対して「『何やの。それ?』そう思う気持ちを、胸の奥にしまって、『頑張れ』と、そう言い続けてきた。」のだった。もうこの「何やの。それ?」という言葉もとても笑えるのだけど、恋人が彼女に言ってきた欺瞞的な別れの理由(他に好きな人ができてしまった、その人は映像の作り手としてもとても尊敬できる人で……、というようなこと)に対する、強烈な反撃のようにも見える。痛快なんだけれども、「胸の奥にしまって」きたからこそ、哀切でもある。

この本に出てくる人々は皆「きらきらと輝いて」などいない。「ライト兄弟」の工場で台車を奪い合うおっさんたち、「ジム・キャリーはMr.ダマー」のポスターを家の扉に貼りまくった隣人のおかしな男、とうのたちまくったおかまの立ちんぼ、場末のスナックでくだをまく人々と、そこに留まり続けることによってニューヨークに留学した恋人に後ろ向きな抗議をする主人公、そして、もうやるべきことなど何もないかのように、淡々と味気ない暮らしを続けるもう一人の主人公。誰も彼もが、とにかくその一日一日をやり過ごすので手一杯である。夢を見ている時間はない。その有様が、克明に描かれれば描かれるほど笑ってしまい、同時に、世界の核心に触れたような気持ちになる。それらのどちらか、ではなく、どちらも、を達成しているところに、『通天閣』の稀有さがあると思う。

今までも、下町的なモチーフと人生の厳しさ、のようなものが、背中合わせにして描かれてくることは多かったように思うけれど、『通天閣』が世界を描写する手つきには、人情のぬるさ以上に、ほとんど冷徹さのようなものさえある。だからこそ、信頼できるのである。恋人は戻らないし、人生は変わらない。むしろ男の主人公にいたっては、衆前であらぬ誤解を受けてしまい、悪くなっている、とも言える。ただ、それを受容することもできるし、その上で人間は前に進める、ということを、まったく説教じみることなく、『通天閣』は読み手に気付かせてくれる。言葉や理念の上ではなく、物語の力で理解させるのである。

世界はこのようなものであるというところを、西さんは正確に言い当てる。そこに虚飾や容赦はない。けれど、そこに一ミリの希望を付与する。このようなものである世界に失望し続けるのは簡単だけれど、『通天閣』はそれをよしとはしない。ぐじゃぐじゃの街とわけのわからない出来事にまみれながら、人間が生きているということを肯定し、そこからでも光はつかめると気付かせてくれる。それがたとえば、「きらきらと輝いて」夢を追うことなどでなくても、無価値なものでは決してないのだ。

きれいなものやいい話は良い。けれど『通天閣』には、それを越える未知の感触がある。それは、あなたやわたしが、たとえ冴えなくても息をして生きている、ということにふと驚くことに似ている。そのことに感動する。『通天閣』は、この世界に生きるどうしようもない人々を輝かせることに成功している。それこそが、物語の魔法というようなものなのだ。

「通天閣」は二〇〇六年十一月、筑摩書房より刊行されました。

ちくま文庫

# 通天閣《つうてんかく》


二〇〇九年十二月十日　第一刷発行
二〇一五年　七　月十日　第九刷発行

著　者　西加奈子（にし・かなこ）
発行者　山野浩一
発行所　株式会社　筑摩書房
東京都台東区蔵前二―五―三　〒一一一―八七五五
振替〇〇一六〇―八―四一二三

装幀者　安野光雅
印刷所　株式会社精興社
製本所　株式会社積信堂

乱丁・落丁本の場合は、左記宛にご送付下さい。
送料小社負担でお取り替えいたします。
ご注文・お問い合わせも左記へお願いします。
筑摩書房サービスセンター
埼玉県さいたま市北区櫛引町二―六〇四　〒三三一―八五〇七
電話番号　〇四八―六五一―〇〇五三



ISBN978-4-480-42669-7 C0193